Nahid, la meva germana afganesa

Nahid, la meva germana afganesa

Anna Tortajada

Editorial Barcanova

Títol original: *Nahid, mi hermana afgana*

Disseny de la col·lecció: Laia Salcedo
Fotografia de la coberta: Pere Formiguera

Llicència editorial atorgada per
GRIJALBO MONDADORI SA, Barcelona

Pl. Lesseps, 33, entresòl. 08023 Barcelona
Telèfon 93 217 20 54. Fax 93 237 34 69
e-mail: barcanova@barcanova.es
www.barcanova.es
Tercera edició: octubre de 2003
Dipòsit legal: B-41.375-2003
ISBN: 84-489-1169-5
Printed in Spain
Imprès a Romanyà Valls, S.A.
Plaça Verdaguer, 1. 08786 Capellades

Aquesta novel·la és la història d'una amistat i alhora d'un poble. És una novel·la i, per tant, els seus personatges són de ficció. Tots. Menys els històrics, els capitostos de les faccions fonamentalistes de qui es parla en la narració i que s'esmenten amb els seus noms reals. Però tots els fets que s'expliquen en aquest llibre són reals.

La Nahid no existeix. Ni l'Ariadna, ni la Basira, ni la Farzana. Tampoc no existeixen en Farid o en Sharif o l'àvia Nadima, però sí milers d'homes i dones afganesos com ells, que pensen, es comporten i viuen com ells; que pateixen i sobreviuen amb un únic objectiu: fer realitat la seva esperança d'un futur millor per a l'Afganistan.

Anna Tortajada

Diu la història que un grapat d'aguerrits afganesos havia caminat tota la nit per tal d'interceptar l'avançada de les tropes britàniques. Els homes defallien, esgotats després de llargues hores de lluita, davant l'imposant desplegament de forces de l'exèrcit invasor. Estaven a punt de donar-se, quan una dona jove, una camperola anomenada Malalai, corregué fins al lloc on es lliurava la batalla. S'hi va enfrontar i els encoratjà dient:

—Qui d'entre tots vosaltres, homes afganesos que lluiteu per la llibertat del nostre país, podrà ser mai més feliç en recordar la vergonya d'aquest dia si ara us rendiu?

Dit això, la noia, tota sola i amb les mans nues, avançà decidida cap a la línia de foc enemiga. Va caure, cosida a trets, sense que dels seus llavis sortís ni un gemec. I aquells homes afganesos, morts de cansament, van treure forces i coratge d'allà on no els en quedava i aquell dia aconseguiren una gran victòria sobre les tropes de l'Imperi britànic.

Em dic Ariadna i estudio periodisme. Col·laboro amb els moviments que denuncien la globalització i els abusos del que anomenem el Primer Món, que són molts, i crec de veritat que les coses es poden canviar. Amb gent que vaig conèixer al centre cívic del meu barri hem creat un espectacle de foc: jocs malabars i danses al carrer. Força espectacular. I, tot i que no som gaire coneguts, ens truquen d'altres barris i fins i tot d'altres localitats perquè actuem en les seves festes populars. Fa segles que estudio anglès i el curs que ve em vull treure el *First Certificate*.

Vaig conèixer «virtualment» la Nahid, la meva germana afganesa, gairebé per casualitat.

Quan feia primer, vaig haver de fer un treball a la facultat sobre algun conflicte oblidat dels molts que hi ha al món. Es tractava d'analitzar la cobertura que la premsa escrita del nostre país hi havia donat i el ressò que aquesta informació havia tingut en l'opinió pública. Em vaig penjar de la xarxa per buscar documentació i vaig anar a espetegar a la pàgina web d'una organització afganesa. Aleshores jo no en tenia ni idea, del que passava a l'Afganistan, perquè tot això que explicaré va ser abans que els talibans destruïssin les estàtues dels budes de Bamiyan, i la veritat és que vaig flipar amb la informació que hi vaig trobar.

El tema em va interessar. De fet, em va fascinar. A la pàgina web hi havia una adreça de correu electrònic per si algú els volia enviar un missatge. I ho vaig fer.

Així va començar tot.

Una certa Nahid contestava els meus *e-mails*. Jo li consultava els meus dubtes, li preguntava el que no sabia, que en realitat era tot, i ella m'anava explicant coses, del seu país i de la seva vida. Va resultar que la Nahid era una noia de la meva edat i ens vam continuar escrivint amb regularitat, fins i tot un cop vaig haver acabat i presentat el treball a la facultat.

Malgrat la distància i com poguessin ser de diferents els nostres mons i les nostres vides, ens vam entendre força, ja des del principi. Vam arribar a ser amigues. I a estimar-nos més que si fóssim germanes. Dues germanes ben avingudes, és clar, perquè amb la meva germana, la Sònia, estem a mata-degolla.

Vull explicar la història de la Nahid, la meva germana afganesa, que va néixer a Kabul, la capital de l'Afganistan, aquest país de l'Àsia Central que fa més de vint anys que està en guerra i del qual ningú no parlava.

I vull explicar la història de l'Afganistan tal com la Nahid me la va explicar.

Quan jo la vaig conèixer, feia cinc anys que el seu país havia caigut en mans dels talibans, una banda armada, ferotge i cruel, que no respecta cap ni un dels drets humans de la població civil. La Nahid vivia refugiada al Pakistan, entre molts altres homes i dones afganesos que, com ella, han hagut de fugir de casa seva, de les seves ciutats i del seu país perquè la guerra i els talibans els fan la vida literalment impossible. No els deixen viure.

Per a nosaltres viure vol dir moltes coses: anar d'una banda a l'altra o quedar-nos a casa; assistir a classe, estudiar idiomes o fer campana; estar amb els amics i les amigues i conèixer altra gent; quedar amb la penya per prendre alguna cosa o fer un tomb; sortir de marxa, anar al cinema o d'excursió; triar una carrera o una feina i tenir alguna afició: llegir, practicar algun esport, tocar algun instrument, pintar o ballar; mirar aparadors o xerrar en el banc d'un parc.

Fins fa poc, a l'Afganistan, el país de la Nahid, la meva germana afganesa, també podies fer tot això. Però des que els talibans van imposar el seu règim de terror, tot està prohibit. Tot. I si no obeeixes et maten. D'un tret, d'una pallissa, a fuetades o a cops de pedra. I no pots dir res. No et pots queixar o protestar, perquè també et maten. I ningú, a la resta del món, no ha fet res per evitar-ho, per posar fi a aquesta situació. El món sencer ha callat durant anys. El món sencer s'ha fet còmplice dels talibans, perquè qui calla atorga.

Jo no puc fer grans coses. Però no callaré.

Estimada Ariadna:

Poc em podia imaginar, quan vaig començar a estudiar anglès, que em faria tant de servei, i menys encara que m'arribaria a semblar tan important poder explicar a algú de fora tot el que està passant. La veritat és que el que més em meravella és que a algú li interessi realment conèixer la realitat que hem de viure els homes i les dones afganesos des de fa un munt d'anys, perquè fins ara estava convençuda que no importava a ningú.

M'agrada molt posar-ho per escrit, i m'hauries de veure, al pati de casa meva, escrivint els esborranys dels *e-mails* que després t'envio. Així la Selma, l'amiga de la meva mare que em fa classes, em pot corregir les faltes i donar-me un cop de mà quan em falla el vocabulari o no trobo l'expressió més adient.

Al meu país, l'Afganistan, fa segles que hi convivim molts pobles diferents. Cada un d'ells tenim els nostres orígens, la nostra cultura, les nostres tradicions i llengües, els nostres costums i formes de vida. Fins i tot físicament som diferents els uns dels altres i se'ns pot identificar d'un cop d'ull. No solament pels nostres trets, sinó també per la roba que portem: els nostres vestits de festa, els brodats i els acabats de les camises o les arracades i els ornaments que es posen les nostres dones.

La població del meu país és com les catifes que teixeix la nostra gent: els dibuixos i les formes ocupen el seu lloc, sense barrejar-se, conservant la seva qualitat, la seva textura i el seu color, sense esvair-se, sense perdre la seva nitidesa, però units, nus a nus, en un entramat fort, l'amor indestructible que sentim per l'Afganistan. Així, doncs, plegats, com milers de bocins de llana diferents, formem el mateix mosaic preciosíssim que caracteritza el producte final: les catifes afganeses que ens van fer famosos arreu del món, molt abans que aquesta fama quedés eclipsada pels horrors de les guerres terribles que ens dessagnen des de fa més de vint anys.

Jo ja he nascut en temps de guerra, durant els anys en què els afganesos van lluitar plegats contra les tropes soviètiques, que van envair el país per protegir el govern titella de Moscou, que els era favorable.

A partir de llavors, la nostra història recent ha estat un embolic i les nostres vides, un patiment. Els senyors de la guerra van dividir el país i ens van arrossegar a una guerra civil espantosa que ja ningú no sap a qui afavoreix. A qui de veritat perjudica és a nosaltres, les dones i els homes afganesos, la població civil de l'Afganistan, que pateix en silenci, impotent i deixada de la mà de tothom, sense saber si sobreviurem a l'espant, si ens en podrem sortir. La nostra situació, i la del país que estimem, empitjora any rere any. Cada vegada creiem que ja hem tocat fons, que ja hem arribat a l'hora més fosca de la nit i que, per tant, la feble claror d'un nou dia, per força i de manera inevitable, començarà a dibuixar-se a l'horitzó, per darrere les muntanyes. Però la llum no arriba i la nit encara es torna més negra. Malgrat tot, no hem perdut l'esperança.

No t'estiguis de preguntar-me res, estimada Ariadna. El teu interès i el treball que presentaràs a la teva universitat també nodreixen aquesta esperança nostra i fa que no ens sentim tan oblidats.

La meva família t'envia records afectuosos. I jo, tres petons, com tenim per costum aquí.

—Nahid, on és el burca?

Arriba el capvespre dins el recinte tancat d'una casa situada en un dels barris afganesos de la ciutat pakistanesa de Peshawar. Les habitacions, la cuina i la comuna donen a un pati de terra, on l'àvia Nadima ha plantat algunes verdures, envoltat d'un mur alt que no permet veure res des de fora.

—És estès al pati, mare. L'àvia l'ha rentat fa una estona.

La Nahid és una adolescent alta i prima. Duu els cabells recollits en dues trenes com cordes que li cauen per l'esquena. Planxa, ajupida en una de les habitacions de la casa, una camisa llarga de les que fan servir els homes al Pakistan. Un drap clar de cotó, que la Nahid ha estès abans de començar la tasca, protegeix la catifa afganesa vermella, amb dibuixos blancs, negres i blaus, i impedeix que la roba s'ompli de pelussa. Al seu costat ja hi ha una pila de peces de vestir, ben plegades. Fa olor de roba neta i calenta. I fa calor. La Nahid sua. Els tres fills del germà petit del seu pare juguen prop d'ella, i de tant en tant els ha de renyar una mica perquè no s'acostin a la planxa, que crema. Endebades. La Nahid somriu. Són com les mosques que es rabegen en les peces de carn que pengen de ganxos de ferro a les parades del basar.

—Però si demà el necessito! —s'exclama la mare de la noia des de l'habitació del costat on es troba, preparant un farcell.

La dona surt al pati. Té uns quaranta anys llargs. Alta, prima i bruna. Mare i filla s'assemblen molt. Travessa el pati amb dues gambades ràpides i palpa amb certa impaciència la peça vergonyosa que les dones es veuen obligades a portar a l'Afganistan i que les cobreix de cap a peus. Està xopa, penjada en una corda. La dona treu el cap a l'habitació on la Nahid encara planxa.

—Si us plau, filla, vés a casa la Selma i demana-li el seu.

La noia s'alça de seguida. Desendolla la planxa i la posa en un lloc alt, lluny de la canalla. Agafa el vel que penja d'un clau, a la paret; la nena corre a agafar-se a les seves faldilles i mira de posar-se soleta les sabates per anar amb ella. La Nahid no aconsegueix convèncer-la que tornarà aviat i l'àvia Nadima ha d'agafar la criatura a coll perquè la deixi marxar. La Nahid es cobreix el cap abans d'obrir la porta de ferro i sortir al carrer. Fa un petó a la cosineta, que fa el ploricó en braços de l'àvia Nadima. La dona gran l'ha seguida fins a la porta per tancar-la des de dins.

El sol ja s'ha post, però la claror prèvia a la foscor encara guarneix de blau el cel, on es distingeix la lluna. La Nahid camina pel carreró, procurant no trepitjar les regueres d'aigua bruta que surten de les cases i desemboquen en la rasa d'un pam escàs d'amplada que hi ha al mig del carrer. En alguns llocs s'han fet bassals i, al seu voltant, la pols de color marró clar de la terra compacta s'ha convertit en fang, amb una cresta d'escuma.

Selma, l'amiga de la seva mare, viu dos carrers més enllà.

—Ja tornes a marxar? —pregunta la Nahid a la seva mare quan torna amb el burca de l'amiga fet un garbuix dins d'una bossa de plàstic. Sap que és una pregunta innecessària. Els preparatius, el burca, la cassola tapada amb el guisat de patates que l'àvia Nadima ha cuinat a la tarda i que la seva mare està embolicant amb un drap, parlen sols. Se'n torna a anar a l'Afganistan. Tot i que la Nahid fa un esforç per evitar-ho, la seva veu delata una barreja de por i angoixa, i el to amb què ha parlat sona gairebé com un retret. Amb un gest més brusc del que hauria volgut, allarga la bossa a la seva mare.

La dona deixa el que està fent i es posa dreta davant la filla. Contempla el seu rostre amb atenció. Tanca els ulls un instant i després somriu mentre li fa una carícia a la galta.

—No t'amoïnis, Nahid. No serem fora gaires dies.

La Nahid no pot evitar una ganyota de disgust i aparta els ulls. Es mossega el llavi de baix, conscient que s'està comportant com una nena petita.

—Abans no te n'adonis, haurem tornat —la tranquil·litza la mare.

—T'hi acompanya el pare? —la noia mira de recuperar i mantenir la serenitat. Sap que no ha d'angoixar la mare amb les seves pors.

—Sí, és clar, estimada, com sempre. —La mare de la Nahid dissimula l'alleujament que sent en notar el canvi d'actitud en la filla i parla amb despreocupació, mirant de transmetre confiança—. Marxarem de matinada. Així, quan obrin la frontera, serem dels primers a creuar-la, abans no comencin les aglomeracions. Si tot va bé, al vespre serem a Kabul. Aquesta vegada ens estarem a casa la meva germana. Dedicarem tot l'endemà a visitar les coordinadores dels cursos clandestins, que ja estan avisades i ens estaran esperant. Ens caldrà tot un altre dia per tornar i, abans que es faci fosc, haurem arribat a casa. Només serem fora tres dies.

—I si alguna cosa surt malament? —La Nahid no pot evitar pensar en els riscos que correran els seus pares i en els perills a què estaran exposats. Sap que en realitat la mare no va a visitar la seva germana: l'autèntic objectiu del viatge és un altre de molt diferent. Sap, en definitiva, que les activitats que la seva mare i les seves amigues realitzen a l'Afganistan són absolutament clandestines, il·legals i punibles sota el règim taliban.

—Tot anirà bé, Nahid —respon la mare amb fermesa—. A més, jo duré posat el burca. I el teu pare m'acompanyarà a tot arreu, tal com han ordenat els talibans. Així és que en cap moment no infringirem cap de les seves normes. Si més no, aparentment... —afegeix amb un somriure còmplice mentre fa l'ullet a la seva filla.

La Nahid mira de somriure. Calla una estona. És cert que els talibans són terribles en les seves represàlies, però també és fàcil enganyar-los. Són gent ignorant i primitiva. De totes maneres, el perill sempre és present. El risc és real. I no se'n pot estar, de replicar:

—Però, mare, i si...

—Nahid! —la dona adopta una expressió solemne mentre agafa el rostre de la filla amb totes dues mans per fer-li alçar el cap—. Nahid, escolta'm bé. Som dones afganeses. Els talibans han trepitjat tots els nostres drets per anul·lar-nos, per destruir-nos, vés a saber per quins perversos motius. Ara bé, t'asseguro, filla meva, que no se sortiran amb la seva. —Llavors posa un dit damunt els llavis de la Nahid, que vol protestar—. I si a mi em passés alguna cosa, que no em passarà, t'ho asseguro, hi haurà cent dones més que prendran el relleu i ocuparan el meu lloc.

Estimada Nahid:

Estic farta de la meva mare! Tot el dia m'està donant la tabarra!

No li agrada res del que faig. No vol que surti fins tard perquè dormo poc. Li sembla horrorós que faci jocs malabars pels carrers i, a més, amb objectes en flames. I es passa el dia dientme que deixi de ficar-me en embolics que només em perjudicaran i em tancaran portes de cara al futur. Està histèrica perquè l'altre dia vaig ser en una manifestació que va acabar molt malament, la veritat, amb la policia pegant a la gent i detenint-la sense que haguéssim fet res de dolent. La meva mare no té raó. Però com que ella només viu per a la seva feina... N'és una addicta. La seva carrera professional és l'única cosa que li importa. I res més. Està estressada, no para de queixar-se de com va tot de malament, el món inclòs, i llavors ens esbronca a la meva germana Sònia i a mi perquè no l'ajudem a casa. Perdona. No és just que em desfogui amb tu! Però és que la meva mare em treu de polleguera...

Estimada Ariadna:

Em dius que la teva mare només viu per a la seva feina. En això no és gaire diferent de la meva, que es dedica en cos i ànima a mirar de millorar una mica la situació dels refugiats juntament amb les seves amigues. D'uns quants, és clar, perquè pensa que aquí, al Pakistan, n'hi ha més de dos milions, de manera que el que elles fan és com una gota que caigués al llit sec d'un riu. La meva mare és metgessa. Exercia en un hospital de Kabul abans que els talibans prohibissin treballar a les dones. És el primer que fan allà on arriben: empresonar les dones sota el burca i rere els murs de les cases. També han tancat les escoles de nenes, i les dels nens les han convertides en escoles alcoràniques, en madrasses, on només els ensenyen consignes talibans, per horror de les famílies, perquè ningú a l'Afganistan no està d'acord amb els talibans. Però això no ha estat pas sempre així. La meva mare va poder estudiar una carrera i jo anava a l'escola. Vaig haver de deixar els estudis i ara no sé què faré. Els talibans, que, com ja saps, controlen gairebé tot el territori, estan imposant a la població una forma de vida inimaginable quatre o cinc anys enrere. Per cert, la mare, des de fa un temps, torna a exercir la medicina, aquí, a Peshawar, entre els refugiats.

Però a mi no m'atabala. Vull dir que, malgrat la seva implicació en aquesta tasca que fa, no em pressiona ni em mira de convèncer perquè jo faci el mateix. A mi em sembla molt bé el que elles fan, però a vegades, sobretot quan han d'anar a l'Afganistan, em moro de por. I el pitjor de tot és que he de dissimular i aguantar-me per tal de no fer patir la mare.

Ja acabo. No t'enfadis amb la teva mare, Ariadna. Les mares són com són... Escriu-me aviat!

Estimada Nahid:

Acabo de rebre el teu *e-mail* i no disposo de gaire temps, però sí que vull enviar-te quatre ratlles, perquè el que fa la teva mare em sembla increïble! Però no entenc com pot anar i venir de l'Afganistan. Tan fàcil és travessar la frontera? No resulta excessivament arriscat i perillós?

Ai, que se'm fa tard! Quan torni de classe, t'escriuré. Un petó.

Estimada Ariadna:

La meva mare es diu Farzana, que en la nostra llengua vol dir «la prudència», «la saviesa». No sé si els noms influeixen en com són les persones o si són elles les que acaben per identificar-se amb el significat dels noms que els posen en néixer, però no conec ningú a qui escaigui tan bé el nom com a la meva mare. És realment una dona sàvia i prudent. I suposo que és d'aquí d'on li vénen la força i el coratge. De la prudència. De la saviesa. T'asseguro que ni ella ni les altres dones no es comporten d'una manera temerària o esbojarrada. Valoren els perills, prenen totes les precaucions, i és cert que s'arrisquen, però sempre dins d'uns marges de seguretat. Pel que fa a l'altra pregunta que em feies, de moment, la frontera entre el Pakistan i l'Afganistan és fàcil de travessar. Fa uns quants dies que corre la brama que el govern de Pakistan vol tancar la frontera per impedir l'arribada de més refugiats, però fins ara ni la policia pakistanesa, ni els talibans que custodien el pas fronterer no posen cap impediment als afganesos quan anem a visitar els parents que encara no han fugit i continuen residint a l'interior del país. Tot això, Ariadna, ho passo fatal cada vegada que la meva mare marxa...

Estic preparant el resum de la història recent de l'Afganistan que em vas demanar. El pròxim dia que vingui al Club d'Internet te l'enviaré. Una abraçada.

Farzana, la mare de la Nahid, amb la seva amiga Selma i altres dones afganeses, ha organitzat una escola per als nens i les nenes del seu país refugiats al Pakistan. Tots els alumnes pertanyen a famílies que viuen en algunes de les barraques plantades a milers en camps oberts i esplanades desertes, sense rebre cap mena d'atenció, sota coberts que s'han fet amb draps i plàstics recollits als abocadors i que s'estenen fins a l'horitzó.

Se'ls coneix com «els nens del carrer». «Nens de les escombraries», els anomenen, perquè es passen el dia recollint deixalles: paper, cartró, peces de metall... Tot i que ara, des de fa un any, des que el grup de dones es va posar a treballar, cada matí van a l'escola. Ho fan amb el consentiment dels seus pares, que saben com n'és, d'important, per al seu futur rebre algun tipus de formació. Però abans i després de classe, la resta de les hores del dia, es continuen dedicant a la tasca de drapaires o a recórrer els carrers demanant almoina. N'hi ha que fan feines a preu fet per a fabricants pakistanesos, construint gàbies, teixint catifes, soldant tubs de metall o pastant fang a les fàbriques de totxanes.

Les dones no cobren cap sou per la feina que realitzen a l'escola, tot i que elles també són refugiades i la seva situació tampoc no és gaire falaguera. Però no és tan extrema com la de les famílies dels nens i nenes a qui fan classes. Des que la Selma va crear la pàgina web i va establir contactes per Internet, de tant en tant els arriba algun donatiu que els permet de pagar el lloguer de l'edifici i els llibres que fan servir els alumnes. Els diners no donen per a res més.

La mare de la Nahid s'encarrega com pot d'atendre els nens malalts, les mares embarassades, encara que tampoc no hi ha diners per a comprar medicaments. A banda d'això, ensenya de llegir i d'escriure a un grup reduït de dones, moltes d'elles mares dels alumnes, i els imparteix algunes nocions bàsiques d'higiene i salut.

—Si mengessin com cal, no agafarien ni la meitat de malalties! —es lamenta a vegades quan es reuneix amb la Selma i les altres.

El grup de dones no sols treballa al Pakistan. També ho fa a l'interior de l'Afganistan. No cal dir que de manera clandestina. Per començar, en diferents viatges que van fer a l'interior del país, van mirar de reprendre el contacte amb les seves antigues companyes de feina, amb altres mestres i metgesses que intentaven sobreviure a l'Afganistan i que, malgrat el règim talibà, es resistien a abandonar les seves llars i les seves ciutats i haver-se de convertir en refugiades. De mica en mica, entre totes han creat una petita xarxa d'escoles per a nenes, de cursos d'alfabetització per a dones i d'atenció sanitària a domicili, perquè sota el règim talibà a les dones ni tan sols no els està permès d'anar al metge o a l'hospital si es posen malaltes.

Les dones del grup, refugiades al Pakistan, són l'únic contacte amb l'exterior que les dones de la xarxa clandestina mantenen. De tant en tant, la mare de la Nahid o la Selma les visiten i els fan arribar la mica de material que poden aconseguir: llibres, llibretes, algun medicament...

Estimada Ariadna:

Em vas demanar en un dels teus últims *e-mails* que et fes un resum de la història recent del meu país. Em dius que et fas un garbuix amb tota la informació que trobes en els llibres i en les diferents pàgines web que consultes, i no m'estranya, perquè realment és un autèntic embolic.

A principi del vostre segle XX vam tenir un rei a l'Afganistan que gairebé d'un dia per l'altre va voler introduir canvis tan dràstics en la nostra manera de viure, que els sectors més tradicionals de la nostra gent es van revoltar. Però ja s'havia fet un primer pas.

Després la cosa es va complicar. I va haver-hi greus enfrontaments entre aquells que pretenien imposar per la força grans i espectaculars reformes en la nostra societat i en la nostra manera de viure i aquells altres que només s'atemorien davant d'uns canvis tan dràstics i definitius.

Els partidaris del canvi defensaven coses molt positives: l'educació de tota la població, les reformes agràries, la igualtat de drets per a la dona, la igualtat d'oportunitats per a tothom. Això passava en l'època en què la influència de la desapareguda Unió Soviètica era més forta al meu país i els partits d'orientació comunista tenien més poder. S'hi oposaven diversos grups i moviments islamistes i conservadors. Tots els seus líders, que llavors i en la seva gran majoria eren estudiants de la Universitat de Kabul, encara que procedien de diferents províncies de l'Afganistan, arribarien a ser els capitostos de les faccions fonamentalistes que han destruït el meu país durant la guerra civil i que ara encara lluiten contra els talibans o s'han unit a ells.

Tot plegat hauria pogut reduir-se a un enfrontament polític, però s'hi van barrejar qüestions religioses. El comunisme nega l'existència de déu. En canvi, els islamistes fanàtics ho fan tot en nom de déu. La major part de la població afganesa és musulmana, però l'islam que es practicava a l'Afganistan es coneixia arreu pel seu caràcter tolerant i obert. Els comunistes van voler imposar les reformes a qualsevol preu. La gent, sobretot la població de les zones rurals, no estava disposada a acceptar aquells canvis que alteraven tant la seva forma de vida. I a això s'afegia la convicció que res que vingués d'aquells que negaven déu no podia ser bo.

Això ens va dur al desastre, perquè els enfrontaments, les revoltes i insurreccions de què et parlo van portar a la invasió de les tropes sovietiques el 26 de desembre de 1979. Va ser, com et dic, un autèntic desastre. I una bajanada, perquè els canvis sí que eren bons i no eren en absolut contraris a l'islam, un islam ben entès, és clar, no el de la manipulació que es va fer i es continua fent de la nostra religió.

Després van venir la guerra civil i els talibans. A l'horror de la guerra s'hi ha afegit el terror d'una repressió brutal, i la situació empitjora dia rere dia.

Ariadna, m'agradaria molt que tu també m'expliquessis coses del teu país. M'adono, a mesura que t'escric, que no sé gaires coses d'aquesta part d'Europa. Sí que sé moltes coses d'Occident en general, però no del lloc on vius tu.

Estimada Nahid:

No en sé gaire, d'història, perquè reconec que no estava gaire al cas a classe. Ara m'adono que m'equivocava quan pensava que el que havia succeït en el passat era això, aigua passada, com diem aquí, i que no tenia res a veure amb el present. Estava molt equivocada, perquè tot va lligat i el que està passant avui és molt probable que comencés temps enrere, o que tingui els seus orígens i motius en aquest passat que jo, tan alegrement, m'he limitat a ignorar. L'altre dia, quan vaig rebre el teu *e-mail*, el vaig comentar a l'hora de sopar. La meva germana, la Sònia, que no sé si ja t'ho he dit, però és una nena insuportable, en plena edat de la poca-solta, va mirar enlaire i va protestar: «Ja hi tornem a ser! La pesada de l'Ariadna amb el tema de l'Afganistan!». Jo ni cas, és clar, i per sort els meus pares també van fer com si sentissin ploure. Al meu pare li va interessar molt allò que deies del comunisme i em va explicar que a Europa, a Occident, va passar una cosa semblant: el comunisme i la Unió Soviètica també es van convertir per a nosaltres en el dimoni vermell que pretenia destruir les nostres vides, els nostres costums i el nostre déu. I que la guerra civil que va patir el meu país durant tres anys i la dictadura que es va instaurar a continuació feien servir els mateixos arguments. D'això no fa pas tant temps. El meu pare diu que la majoria de les guerres d'Europa també s'han volgut disfressar de guerres de religió i que, en nom de déu, s'han comès autèntiques barbaritats. I això que se suposa que el cristianisme, la religió majoritària a Occident, té com a principal i única norma l'amor envers els altres, enemics inclosos! Però em sembla evident que d'això no se'n recorda ningú i que per a molta gent la nostra religió ha quedat reduïda a un munt de festes folklòriques i consumistes que a mi em fan posar malalta. La veritat és que jo no en sé res, de l'islam, ni en què consisteix la religió musulmana, però sospito que tampoc no deu ser allò que ens expliquen...

La conversa amb el pare em va semblar molt interessant. Fins i tot ell m'ho va semblar! Crec que és la primera vegada que hem parlat com dues persones grans. Em va agradar. No em faria res repetir l'experiència. Ja t'ho diré...

Estimada Ariadna:

Entenc molt bé que t'agradés tant parlar amb el teu pare tal com dius, com dues persones grans. Jo ho trobo a faltar. No cal dir que els meus pares parlen de temes importants davant meu, però mai no em demanen el meu parer. Ni a mi no em passa pel cap ficar-me en les seves converses. Suposo que es pensen que encara sóc petita.

Com que em dius que no saps res de l'islam, miraré d'explicar-te'n el més important, tot i que crec que aquest tipus d'informació sí que la pots trobar en els llibres. Antigament, a la zona que ara és l'Afganistan, es practicava la religió de Zoroastre, molt relacionada amb el culte al foc, que partia de l'existència de dos principis: el del bé i el del mal. Després van arribar el budisme i l'hinduisme, i més tard l'islam. La nostra religió no solament fa referència a tot allò que estigui relacionat amb el culte a Al·là, a déu, com dieu vosaltres, sinó que també estableix les pautes de com hauria de ser la societat. En els seus inicis, i per principi, l'islam original, com el vostre cristianisme, considera iguals davant déu l'home i la dona; considera com una obligació la instrucció, tant dels homes com de les dones; el treball de la dona no sols a casa i dins l'àmbit familiar no és res nou per a nosaltres, que tenim referents antiquíssims de dones comerciants i de negocis: com la primera dona del Profeta. I moltes altres coses.

El que passa és que l'islam, al llarg de tota la seva història, s'ha adaptat a les tradicions i els costums dels pobles que l'han adoptat com a religió i s'hi ha barrejat. A vegades aquesta barreja s'ha dut a terme de tal manera que al final, en nom de l'islam, s'han fet coses que no hi tenen res a veure o que fins i tot són del tot contràries a les seves ensenyances: com fan els talibans i els fonamentalistes de l'Aliança del Nord, i com, segons em dius, us ha passat també als països cristians i en qualsevol altre indret on s'utilitzi la religió com a eina de poder o de repressió de la població.

I una altra cosa, Ariadna: l'altre dia, quan ja t'havia enviat l'*e-mail*, vaig pensar que potser no havia quedat del tot clar que, malgrat tota aquella oposició amb què van topar les reformes, malgrat tot, gràcies a la voluntat innovadora del rei, que no era comunista, i a algun dels governs prosoviètics que vam tenir, el nostre país va fer un gran salt endavant: les dones van tenir l'oportunitat d'anar a la universitat, d'exercir tota mena de professions en tots els àmbits, d'ocupar escons al Parlament. No totes, és clar, perquè al meu país hi ha gent de tota mena. Pensa que mentre a Kabul hi havia aparells de televisió i avions, a les muntanyes o a les zones rurals encara hi havia nòmades, i la gent anava a peu o amb ase, i en alguns indrets continuaven vivint com havien fet durant segles i més segles, amb els seus costums de sempre i d'acord amb les seves pròpies tradicions, sense ni tan sols haver sentit parlar de les novetats de la capital i les ciutats grans...

Però jo sóc de Kabul. La meva família és gent de Kabul. La meva mare és una d'aquelles dones que van anar a la universitat. I jo anava a l'escola. Les nenes de Kabul, de Herat i de moltes altres ciutats de l'Afganistan anàvem a l'escola amb tota normalitat, i a la universitat, i al cine.

La meva mare sempre diu que el 26 de setembre de 1996, quan els talibans es van apoderar de la ciutat i ens van arrabassar totes les llibertats i drets, va ser el dia més negre de la nostra història.

Tampoc no et pensis que els anys anteriors fossin una meravella: la guerra entre les faccions fonamentalistes havia convertit la vida en un infern. Els senyors de la guerra que havien lluitat al costat de la població civil contra les tropes soviètiques eren autèntics dimonis. Tan dimonis com els diables russos. Assassinaven, torturaven, segrestaven, violaven. Els seus capitostos continuaven sent aquells personatges que anys enrere protagonitzaven els aldarulls: Massud,

Hekmatyar, Rabbani, Dostum..., noms que fan esgarrifar molta gent que conec i que han estat testimonis dels seus crims.

Ja acabo, que es comença a fer fosc i la Selma es neguiteja. Hem de tornar a casa. Saluda la teva família de part meva, i tu rep un munt de petons, no solament els tres de cortesia...

Mentre la mare, o alguna de les dones del grup, era a l'Afganistan, la Nahid sempre tenia malsons. Es despertava amarada de suor, malgrat el ventilador del sostre. El cor li bategava a la gola. Suava d'angúnia, i no sols per la calor horrorosa que feia a la ciutat pakistanesa de Peshawar, on vivia refugiada amb la seva família. De dia passava ànsia per tots, i fins que no les veia entrar al pati, ja de tornada del seu viatge, cansades però somrients, tenia un nus a l'estómac que no la deixava menjar. Hi pensava en tot moment.

Però mai no exterioritzava el seu neguit, mai no es deixava endur pel pànic que li provocaven les seves terribles fantasies. Tenia cura dels fills del germà petit del seu pare i dels fills petits de les amigues de la mare. Netejava les verdures al pati o rentava la roba sota l'aixeta, en una palangana de metall, mirant de no malgastar l'aigua, tan escassa. Preparava el dinar per a tota la família, ajupida a la cuina, davant el fogonet de la bombona blava de gas, mentre l'àvia Nadima li parlava del forn de terra cuita que hi havia al seu poble quan ella era jove, on cada matí les dones anaven a coure el pa. Fins i tot aconseguia riure quan la canalla volia jugar amb ella o escoltava els contes del murri d'en Nasruddin que l'àvia Nadima els explicava.

Però patia.

Mil pors la turmentaven a la llum del dia. Per si els talibans descobrien les activitats clandestines de les dones... Per si les seguien pels carrers quan es dirigien a les seves destinacions secretes... Per si alguna patrulla talibana localitzava alguna de les cases escola que tots els implicats protegien amb tant de zel... Per si les detenien... o els clavaven una pallissa... Per si les mataven...

—Som dones afganeses, Nahid —li havia dit la mare milers de vegades, quan s'havia deixat vèncer per la temptació de manifestar-li els seus temors.

Ella també era una dona afganesa. Havia de ser forta. I feia el cor fort. Dissimulava la seva angoixa i amagava la por sota una aparença de normalitat, mentre es dedicava a les seves tasques.

No obstant això, es despertava de nit. Sempre. Aclaparada per algun d'aquells malsons que es repetien. I fins i tot llavors mirava de dissimular. Feia un esforç per estar-se ben quieta, ajaguda a terra, damunt l'estora, i ofegava la respiració agitada amb el coixí. Però sense que la Nahid sabés mai com, i malgrat que s'hi escarrassava molt, l'àvia Nadima, que dormia al seu costat, sempre se n'adonava.

Llavors la dona gran s'asseia al seu costat, l'embolcallava tota amb els seus braços i la bressolava com si encara fos una nena petita, mentre li explicava històries de princeses o d'heroïnes afganeses, com Malalai, la camperola que va retornar el coratge als afganesos que lluitaven contra l'invasor. O li parlava dels membres de la seva família o d'aquells temps en què l'àvia Nadima era jove i no hi havia guerres a l'Afganistan. Fins que l'angoixa s'esvaïa i la Nahid es tornava a adormir.

Mai no parlaven de la por.

—Que n'era, de ben plantat, el teu avi, menuda!

És negra nit i l'àvia Nadima seu damunt l'estora. Malgrat la calor, estreny la Nahid contra el pit i la gronxa una mica. El ventilador del sostre fa tremolar una mica els seus cabells. La claror de la lluna entra per la finestra i permet distingir els perfils de totes dues dones.

La vella és una dona menuda i ossuda, amb la pell plena d'arrugues i taques fosques pròpies de la vellesa. Té els cabells blancs i escassos, molt llargs, recollits en una trena prima que es va afinant gairebé fins a la cintura, on amb prou feines té el gruix d'un dit petit. Els ulls rodons i castanys encara brillen plens de vida i s'omplen de llum quan mira els néts o quan parla de l'Afganistan.

—L'avi Mahroof? —pregunta la Nahid tirant el cap una mica enrere per poder mirar l'àvia. Es mostra tan sorpresa, que l'àvia Nadima riu, tapant-se la boca esdentegada amb el palmell de la mà, plena de venes fosques que en sobresurten. A continuació acaricia amb tendresa el cap de la Nahid, que s'ha tornat a recolzar en ella, disposada a escoltar.

—Sí, l'avi Mahroof —repeteix la dona amb veu somniadora mentre juga, distreta, cargolant les trenes de la noia en els seus dits. Després s'afanya a dir en un to més rialler—: Ja sé que ara és un vell. Pobre Mahroof! Està xuclat i les mans li tremolen. I, per acabar-ho d'adobar, les coses se li barregen al cap i va mig coix perquè li falten un grapat de dits als peus.

—Àvia, torna'm a explicar què va passar.

—Li van caure, menuda, li van caure els dits dels peus com si fossin bocinets de cristall. Va ser durant un hivern. El teu avi lluitava a les muntanyes contra els soldats russos, al costat de tots els homes afganesos decents que van prendre les armes per defensar l'Afganistan de la invasió. Pujaven pels penya-segats per tal de sorprendre els soldats i havien de caminar per la neu i el gel dels cims amb sandàlies i sense abric —la vella fa anar el cap i fa petar la llengua.

—¿I tu on eres aleshores, mentre ell lluitava a les muntanyes?—la Nahid s'ho sap de memòria, però li agrada sentir-ho explicar a l'àvia Nadima. Només en aquestes ocasions, de nit i entre els braços de l'àvia, la Nahid es permet sentir-se encara com una nena petita, ara que sap que s'està fent gran. I escolta la història de la seva pròpia família com si fos una rondalla, una nova nissaga afganesa.

—Jo era aquí, menuda, en aquesta mateixa ciutat fronterera. Amb la canalla. Tots els teus oncles i ties. —L'àvia Nadima sospira—. Fa més de vint anys que els afganesos anem d'una banda a l'altra. Ens estem convertint en refugiats eterns. Però sempre prop de la frontera, sempre prop de l'Afganistan. I així que ens sembla que la situació millora una mica, ens en tornem a casa. Quan es va acabar la guerra amb els russos vam tornar a casa. A Kabul. Però vam haver de fugir una altra vegada després d'aquell hivern espantós en què els senyors de la guerra, els capitostos de les diferents faccions integristes que es disputaven el poder, van assetjar la capital i la van bombardejar sense pietat. Des de llavors que som aquí. Després van aparèixer els talibans, que s'han apoderat del país, i ja no sé pas quan podrem tornar.

—Parla'm dels teus fills, àvia. —La Nahid, com la gran majoria de la població civil de l'Afganistan, coneix prou bé els crims que han comès uns i altres. I sap que la història de la seva família es repeteix a totes les llars afganeses i que és, en definitiva, la història del seu país.

—Ai, Nahid! A hores d'ara, gairebé tots els meus fills són morts. Només em queden el gran i el petit: el teu pare, Farid, i el teu oncle, Zahoor. Dels altres tres nois que vaig tenir, no me'n queda cap. I de les dues nenes... no sé pas què se'n deu haver fet.

—Explica-m'ho, àvia —insisteix la Nahid en percebre la tristesa en la veu de la vella. No vol que es perdi sola en la nostàlgia.

La dona reconeix l'estratègia de la noia i somriu una mica, amb esforç. Però la seva veu recupera la fermesa i continua el seu relat.

—Un dels teus oncles va morir torturat quan Najibullah era cap de la policia secreta.

—Aquell que va arribar a ser president?

—Va fer unes purgues terribles!

—¿Era el mateix Najibullah que van matar els talibans quan van ocupar Kabul? —la Nahid, com tots els nens afganesos, per ignorants que siguin, coneix a la perfecció els noms de les víctimes i els assassins, els detalls i les implicacions dels esdeveniments de la seva història més recent.

—El mateix, menuda —respon l'àvia Nadima. I continua parlant sense deixar-se distreure per les interrupcions de la néta—. Un altre dels meus fills va morir durant el setge de Kabul, quan Massud, Rabbani i Hekmatyar es disputaven el poder. I l'altre me'l van matar els talibans. Van dir que era un terrorista i que lluitava a les ordres de Massud.

—I ho feia? —pregunta la Nahid, que també sap dels horrors que les tropes d'aquest capitost van cometre contra la població.

—I ara, menuda! —s'esvera l'àvia Nadima, fins i tot indignada—. Si Massud era un assassí!

—I les tietes? —la Nahid ho vol saber tot. No vol que quedi oblidat res del que ha passat a la seva família. Algun dia, quan l'Afganistan torni a ser un país lliure i en pau, algú haurà d'explicar a les noves generacions la veritat sobre aquesta etapa trista i fosca de la història del seu país. La Nahid somia poder-hi contribuir amb el seu testimoni. Si pogués anar a la universitat... estudiaria dret, o periodisme, com la seva amiga occidental, l'Ariadna, amb qui manté correspondència, mitjançant *e-mail*.

—La petita era molt maca. —La veu de l'àvia Nadima es trenca un instant, però la vella s'escura la gola i continua parlant amb veu ferma—. Se la van endur els soldats de les tropes integristes, juntament amb altres noies del barri. No les vam tornar a veure mai més. I la gran s'havia casat temps enrere. Se'n va anar a viure amb la família del seu home, que era d'una ciutat del nord, on la guerra encara dura. Fa temps que no en sé res, ni tan sols si és viva o morta.

Es fa un silenci que trenca la Nahid. La lluna ja fa estona que no treu el nas per la finestra. Un dels nens es regira en somnis.

—Àvia..., el pare i la mare...

L'àvia Nadima recupera el to alegre i optimista de sempre.

—Tornaran de seguida, sans i estalvis, no pateixis.

—I si...

—No —la interromp la vella—. No els passarà res. —L'àvia Nadima estreny la Nahid una mica més fort—. Però si no tornessin, déu no ho vulgui, continuarem lluitant. El pare i la mare fan el que han de fer, Nahid. En aquesta vida, menuda, tothom, homes i dones, hem de lluitar per allò en què creiem, per no perdre'ns el respecte a nosaltres mateixos. Perquè mai no ens hàgim d'avergonyir no ja de les nostres malifetes, sinó de tot allò de bo que hàgim deixat de fer.

Estimada Nahid:

L'altre dia vaig fer una exposició oral a classe sobre el conflicte de l'Afganistan i va haver-hi gent, d'aquella que sempre ho sap tot i presumeix de llesta, que em va fer dubtar del que em pensava que sabia. Fins i tot el professor em va corregir. Diuen que l'Aliança del Nord, que lluita contra els talibans, és l'única esperança que té l'Afganistan. De fet, és el que es dedueix dels pocs articles i notícies que els diaris d'aquí publiquen parlant del teu país. A mi m'havia semblat entendre que tan dolents eren els uns com els altres, però potser estic confosa. Em sap greu ser tan ignorant, però tampoc no acabo d'entendre d'on surt exactament l'Aliança del Nord i qui va participar en la guerra civil. ¿Els talibans ja existien? I una altra cosa, tu i la teva família, quan vau marxar de l'Afganistan? T'agrairia que em contestessis al més aviat possible, perquè avui a la classe han aconseguit que em sentís insegura i m'agradaria poder rebatre els seus arguments el pròxim dia que tinguem aquest profe. Estic segura que no saben de què parlen. No suporto la gent que s'omple la boca comentant assumptes sobre els quals no s'ha informat! Quina generació de periodistes sortirà de la facultat si ni tan sols no som capaços de contrastar les notícies que llegim! N'estic farta!

Estimada Ariadna:

Em fa gràcia veure com t'enfades amb la teva gent. Tu, que ni tan sols no ets afganesa! Però per això mateix aprecio molt més el teu interès i les teves ganes de saber, i que no sols et vulguis informar, sinó que, a més a més, ho vagis explicant a tothom. Això és molt important per a mi, per a nosaltres, els homes i les dones afganesos, i em fa pensar que som amigues de debò.

Miraré de contestar-te tan bé com sàpiga tot el que em preguntes.

Quan els talibans van entrar a Kabul, nosaltres ja no hi vivíem. Ja feia temps que érem en un camp de refugiats de Peshawar. Em sembla que vam marxar de l'Afganistan l'any que es van celebrar els Jocs Olímpics a la teva ciutat. No ho sé del cert, perquè nosaltres aquí no seguim el calendari cristià sinó el musulmà, i, tot i que sé calcular quines dates vostres corresponen a les nostres, avui estic una mica cansada i potser m'he confós. Però va ser a principi dels vostres anys noranta, això segur. I en plena guerra civil, quan les diferents faccions fonamentalistes es disputaven Kabul i arrasaven els barris de la meva ciutat.

Jo era petita i encara anava a escola. I això que els bombardejos eren constants.

Hi va arribar a haver fins a vuit faccions diferents, totes lluitant entre elles. Sovint se n'aliaven dues o tres contra altres aliances i el caos era permanent, perquè en qualsevol moment una facció, si li convenia, traïa els seus aliats i es passava a un altre bàndol. De fet, quan van aparèixer els talibans, algunes d'aquestes faccions s'hi van unir.

En realitat, era una guerra de tots contra tots. Vivíem en un perill constant. Les tropes de tots ells cometien abusos terribles contra la població civil. S'enduien de les cases les dones, els nens i les nenes. Tot era violència. La violació de dones i noies de Kabul era notícia diària. Els assassinats i els saquejos, també. Sé que et sonarà horrible, però t'asseguro que és la pura veritat. Els camps de refugiats i tot l'Afganistan són plens de testimonis de tots aquests horrors. Els senyors de la guerra eren pitjor que bèsties salvatges i embogides. Les tropes integristes es vantaven d'estar defensant l'honor d'Al·là, mentre deshonraven dones musulmanes que en temps de pau haurien pogut ser les seves esposes, les seves mares, les seves filles o les seves germanes.

I no eren bojos. Ni ho són.

Aquests són els homes que ara formen l'Aliança del Nord. Aquests són els homes a qui les potències d'Occident volen confiar el govern de l'Afganistan.

La guerra civil que ells van començar i que encara està destruint el meu país és una guerra de xacals per assolir el poder. Com totes les guerres. Ja sé que a tu, estimada Ariadna, no t'agrada gaire la història; però, si ho preguntes al teu pare, em sembla que estarà d'acord amb mi que totes les guerres són sempre fruit de l'ambició. S'alimenten dels interessos econòmics d'uns i altres. Després les disfressen de guerres ètniques o religioses, perquè ni tan sols no són prou honestos per dir la veritat. El pitjor de tot, en el cas de l'Afganistan, és que aquesta guerra també s'alimenta des de fora i s'aguanta gràcies a les potències estrangeres que donen suport a un bàndol o a l'altre, els subministren armes, entrenament militar i recursos de tota mena. Ho van fer fa deu anys i ho continuen fent. Tothom sap, per exemple, que l'Aliança del Nord té, entre d'altres, el suport de França. Per això els teus companys de classe creuen que les seves tropes són els salvadors de l'Afganistan, perquè aquesta és la mentida que els seus protectors volen fer creure a tothom.

La Selma em diu que aprofiti per dir-te que, si trobes algú que vagi dient que aquesta guerra és per qüestions ètniques, tampoc no t'ho creguis. Ja et vaig explicar que al meu país hi ha molts grups de població diferents. I viuen en zones molt concretes: els uzbeks i els tadjiks al nord, els hazara al centre, els paixtus a l'est i al sud, els balutxis al sud i a l'oest. Lògicament, els grups armats que van sorgir en cada regió tenen una majoria ètnica, però no és això el que els aglutina, ni la branca religiosa. Sé que en els vostres llibres i en els vostres diaris es parla de les tropes uzbekes de Dustam, dels tadjiks de Massud, dels talibans paixtus i sunnites, dels hazara xiïtes, i es pretén crear una imatge del meu poble com un munt de tribus salvatges primitives que s'odien i lluiten entre elles. L'única cosa que és veritat és que els qui ara formen l'Aliança del Nord, com també els talibans, per més reconeixement i suport que tinguin de fora, no són altra cosa que una plaga, una banda d'assassins sense ideologia política, sense cap projecte de futur per al país ni cap programa de govern. Només són titelles de les potències que els sostenen. Han arribat al poder per la força de les armes, mitjançant la violència, i mai no podran ser legitimats, perquè el nostre poble els rebutja. Això és el més important de tot el que la teva gent ha de saber, que ni els uns ni els altres representen la població de l'Afganistan. Tots són els nostres botxins. I de veritat que no exagero gens, Ariadna.

Saps per què vam fugir de Kabul? Perquè una nit els homes de Massud van irrompre a casa els nostres veïns. Es van endur les nenes i van matar el seu pare. Aquella mateixa nit el pare ens va fer llevar a tots del llit. El meu germà gran, el que ara està estudiant a Europa, encara vivia amb nosaltres. Ens vam vestir, vam arreplegar quatre coses i vam marxar de la ciutat. No sé què se'n devia fer, de les meves veïnetes. Suposo que com ja havia passat amb moltes altres, els seus cossos esquinçats i mig despullats van aparèixer al cap d'uns quants dies, en qualsevol carrer.

Recordo que durant la nostra fugida precipitada, a mitjanit, ens van aturar unes quantes vegades en controls d'un bàndol o d'un altre. A cada post ens van anar desposseint de tot el que dúiem. Calia pagar un preu per tal que ens deixessin passar. A vegades tardàvem hores a poder continuar el viatge, perquè els homes dels controls no es posaven d'acord. Va ser esgotador. I cada cop que ens aturaven per la carretera, la mateixa por. No era pas la por que no ens deixessin passar, ni tan sols la por que ens matessin, sinó la por pel que ens podien arribar a fer abans de deixar-nos continuar o d'engegar-nos un tret. Aleshores jo no tenia gaire idea de res, ja t'he dit que era petita. Per a mi, aquella sortida nocturna era una aventura, però percebia la por dels grans. Una angoixa tan intensa que gairebé tenia la consistència palpable d'un ésser viu que ens acompanyés en aquell pelegrinatge nocturn, mirant de sortir del país. La mare m'havia tallat els cabells i m'havia fet vestir de xicot. Em va prohibir obrir la boca en tot el viatge i m'havia avisat molt:

—Nahid, si aquests homes armats s'adonen que ets una nena, et faran molt mal.

Amb això n'hi va haver prou per amargar-me l'aventura i l'emoció de viatjar de nit. No sé si aquella disfressa m'hauria protegit gaire si aquells homes armats s'haguessin encapritxat de mi, perquè quan van ocupar Kabul també s'enduien de les cases els nens de deu o de dotze anys.

L'àvia Nadima es va passar tot el viatge resant.

Vam abandonar la nostra casa de Kabul amb cotxe. Amb les bosses al maleter. Vam arribar als afores de Peshawar, on hi havia els camps de refugiats, a peu i amb el que dúiem posat, esgotats de caminar i amb la panxa més buida que en tots aquells anys de guerra.

El meu pare va descobrir que molts dels camps pertanyien als partits de les faccions de qui fugíem i que els refugiats havien d'afiliar-se al partit corresponent si volien instal·lar-s'hi i rebre ajut humanitari. D'aquests camps en sortien més soldats que engrossien les seves tropes. D'aquests camps, com en temps de la lluita contra l'exèrcit soviètic, sortien els homes a fer les seves incursions i batalles. I allà tornaven per recuperar forces, veure la família o preparar nous atacs.

El meu pare es va negar a formar part d'allò. Havia lluitat contra les tropes soviètiques, però odiava la guerra. Com la gran majoria dels homes de l'Afganistan, no va participar en la guerra civil.

Aquesta és la veritat, Ariadna, del que passa a l'Afganistan.

Ja pots estar contenta! Avui t'he escrit més que mai! Ja sé que no és un *e-mail* gaire alegre, però és que cada vegada em sembla més important que tu ho sàpigues tot. Tu, que pots parlar amb altra gent, en un país on teniu llibertat, perquè aquí, i em penso que arreu, les nostres veus són silenciades.

Aquesta vegada, les dones s'han reunit a casa la Selma. Dues mestres noves s'han incorporat al grup. Discuteixen la possibilitat d'obrir una segona escola. La tasca que realitzen entre els refugiats de Peshawar amb la seva organització i que donen a conèixer en la seva pàgina web ha despertat l'interès d'algunes associacions i persones en alguns països d'Europa i comencen a rebre des d'allà petites contribucions econòmiques per finançar les seves activitats humanitàries.

—Podríem muntar un menjador escolar —proposa una de les mestres—. La majoria dels nostres alumnes tenen símptomes evidents de desnutrició. Tu mateixa vas dir, no fa gaire, que, si mengessin com cal, no estarien tan malalts —afegeix adreçant-se a la Farzana, la mare de la Nahid.

—És cert.

—La Nahid es podria cuidar d'organitzar-ho —proposa a l'acte la Selma—. Per què no li ho dius? —pregunta a la seva amiga—. Nosaltres anem sobrecarregades de feina. Ens falta gent.

La Farzana ni s'ho rumia. Respon decidida, sense dubtar gens.

—No, Selma. No vull que la meva filla se senti obligada a treballar amb nosaltres. De moment ja es cuida dels vostres fills petits mentre vosaltres sou a l'escola, i dels fills del germà del meu home. A més, s'encarrega de gairebé tota la feina de la llar per tal que jo em pugui dedicar del tot a l'escola. No vull demanar-li que s'impliqui en les nostres activitats. Sabeu tan bé com jo que fins i tot aquí, al Pakistan, són il·legals. La policia ens tolera, però en qualsevol moment pot intervenir. Si la Nahid arriba a afegir-se al nostre grup, vull que la decisió surti d'ella i que l'hagi presa ella sola.

—Però si ni tan sols li ho proposem... —la Selma és de mena impacient; voldria arrossegar tothom amb el seu entusiasme. De feina n'hi ha per donar i per vendre! Les poques dones que formen el grup no donen l'abast. Els homes prou feina tenen per mirar de mantenir les famílies.

—La Nahid és molt jove, Selma —afegeix la Farzana, conciliadora—; nosaltres sabem en què ens hem ficat, ho tenim clar i n'assumim les possibles conseqüències.

Callen totes, conscients que la mare de la Nahid no fa referència només a una possible intervenció de la policia pakistanesa, sinó als talibans i al règim de terror que han imposat a l'interior de l'Afganistan. Però la Selma no es dóna per vençuda.

—Almenys hauria d'aprendre anglès. I a fer anar un ordinador. Es podria ocupar de contestar els *e-mails* que rebem. Amb això sol ja ens trauria molta feina del damunt. I, sobretot, disposaríem de més temps per a totes les altres coses. Anar fins al centre de la ciutat, al Club d'Internet, m'ocupa tota la tarda —insisteix la Selma, que és com un corcó quan vol.

—D'acord, d'acord! —cedeix per fi la mare de la Nahid—. Però parla tu amb ella. I deixa que sigui ella qui decideixi, Selma —adverteix a l'amiga.

—No pateixis! —li assegura la Selma amb un somriure radiant.

La Nahid, al principi, no n'havia ni volgut sentir parlar, d'aprendre anglès.

Estimada Ariadna:

T'he de confessar que jo no et volia escriure. Ni tan sols volia aprendre anglès. Ara m'alegro d'haver-ho fet, perquè, si no, mai no t'hauria arribat a conèixer.

Prou sovint la Nahid havia sentit malparlar dels britànics i dels nord-americans, els quals a vegades confon, perquè l'avi ja és molt gran i les guerres se li barregen al cap.

—Tres guerres van haver de perdre els anglesos contra nosaltres abans no van entendre que no podrien sotmetre els afganesos ni conquerir les nostres terres! Els britànics es van haver de quedar amb un pam de nas a l'Índia, que ja havien convertit en una de les seves colònies! A nosaltres no ens van guanyar mai! Ens van prendre mig Paixtunistan, que ara forma part del Pakistan, però no van poder avançar més —explica sempre l'avi Mahroof a qui el vulgui escoltar.

—Què hi té a veure, això, amb aprendre anglès o no, avi? —li preguntava la Nahid per fer-lo xerrar.

—És la llengua de l'invasor, filleta —l'avi Mahroof abaixava el to i li feia l'ullet.

—Però, avi, si de tot això dels britànics i el seu imperi fa més d'un segle! —la Nahid volia i dolia. Dubtava entre el desig d'aprendre i una certa prevenció, fruit de tot allò que li explicava l'avi. Des que havia hagut de deixar els estudis perquè a casa no hi havia prou diners per enviar-la a la universitat, s'avorria i la proposta de la Selma la temptava i els seus raonaments li semblaven convincents.

—Per comunicar-nos amb la resta del món i denunciar la nostra situació, cal saber anglès —li havia dit l'amiga de la mare.

—I què me'n dius, dels Estats Units, Nahid? Que potser no van ser ells qui van crear els monstres dels talibans? —continuava argumentant l'avi Mahroof, del tot alliè als pensaments de la noia.

—Ells, i el Pakistan i l'Aràbia Saudita —contestava d'esma la Nahid. Tothom ho sabia, que els talibans havien estat creats per fer el que estaven fent. Una força de xoc creada i entrenada a les madrasses, les escoles alcoràniques del Pakistan, amb el suport i els diners dels Estats Units i l'Aràbia Saudita, per posar fi a la guerra civil i arrasar-ho tot; per pacificar el país a costa del que fos i evitar que a l'Afganistan hi hagués un govern sòlid i legítim amb qui les potències haguessin de pactar i negociar si es volien continuar aprofitant de la zona.

—Que potser no són ells els qui volen imposar al nostre país un govern format pels monstres de l'Aliança del Nord? —continuava dient l'avi Mahroof.

—Ells i França i Rússia i tots els altres que han fet creure al món que l'Aliança del Nord és l'esperança i la salvació del nostre país.

—Quan ens van envair els àrabs tampoc no van aconseguir imposar-nos la seva llengua. La seva religió sí; és per això que ara som musulmans, però vam defensar la nostra llengua. Si no, a hores d'ara ja ningú no parlaria el persa, ni el paixtu, ni cap de les llengües afganeses —l'avi Mahroof no perdia el fil del seu discurs.

—Però, avi, si d'això encara en fa més, de segles!

La Nahid s'hi va acabar repensant, després de donarhi moltes voltes. Diria a la Selma que sí. No li semblava que els arguments de l'avi Mahroof tinguessin gaire solidesa. No creia, de cap de les maneres, que calgués renunciar a les seves pròpies llengües i tradicions per aprendre'n de noves. Però el que la va decidir del tot va ser el fet que els talibans, a l'Afganistan, prohibissin a la gent assistir a cursos d'anglès o d'informàtica. De fet, i més si eres una dona, a l'Afganistan, sota el règim dels talibans, no podies aprendre res de res, ja que les escoles per a nenes havien estat clausurades i les noies no podien anar a la universitat.

I quan s'hi va posar, es va adonar que li agradava. Per fi les hores se li omplien de coses interessants. Més interessants que escombrar les catifes de les habitacions amb un feix de branques, ajupida a terra i avançant damunt les plantes dels peus nus. Més estimulants que vigilar els fills petits de les amigues de la mare o del germà petit del pare. Més emocionants que fer el menjar per a tota la família o sortir de tant en tant amb la Basira, la seva millor amiga, a recórrer amunt i avall el carreró del mercat afganès, que es trobava només a una cantonada del seu carrer.

Estimada Nahid:

M'avergonyeixo de la meva gent, del meu país, de la meva cultura i del món tan civilitzat al qual pertanyo cada vegada que veig l'enrenou que s'ha organitzat arran de la destrucció de les estàtues dels Budes gegants i mil·lenaris de Bamiyan! És clar que és una barbaritat, una pèrdua enorme i un acte de vandalisme! Però m'escandalitza que el món sencer s'esveri per unes escultures, per més valuoses que fossin, que els potentats de la terra estiguessin disposats a pagar fortunes per rescatar-les i, en canvi, ningú no mogui un dit ni estigui disposat a donar un sol dòlar per rescatar els vint milions de persones que a l'Afganistan esteu patint la violació constant de tots els drets humans.

Nahid, et demano perdó, a tu i a tot el teu poble, en nom del món a què pertanyo.

Estimada Ariadna:

No et turmentis. Als poderosos del món, la gent no els importem. Tu tampoc no els importaries gaire si fossis un entrebanc en els seus interessos. Aquí ja res no ens sorprèn. També ens ha cridat l'atenció l'interès que ha generat la destrucció de les estàtues, tot i que fins ara mitja humanitat en desconeixia l'existència. La veritat és que eren una autèntica meravella. ¿Sabies que a través de diverses galeries i sales es podia pujar fins a dalt de tot del cap del gran Buda? Des d'allà es podia contemplar tota la vall.

Però hi insisteixo: en realitat, ja res no ens sorprèn. Sabem que les nostres vides no importen a ningú i que estem abandonats a la nostra desgràcia.

I pel que fa a la destrucció de les estàtues, els talibans fa temps que es dediquen a això, a destruir el nostre patrimoni històric i artístic; no han parat de fer-ho des que van arribar al poder. No és nou, doncs; l'única novetat és que de sobte algú se n'escandalitzi. Però aquí sabem que només ha estat una maniobra de distracció. Pocs dies abans, els talibans havien dut a terme una altra de les seves carnisseries en aquella mateixa vall. Van assassinar més de quatre-centes persones. Estic convençuda que han destruït els budes per evitar que s'obrís una investigació sobre aquestes morts.

No t'angoixis per això, Ariadna...

Per cert, ¿t'he explicat com es va posar la meva amiga Basira quan li vaig dir que estudiaria anglès? A mi em venien ganes de riure de veure-la, però ella s'ho va prendre molt seriosament. I molt malament, tot s'ha de dir.

—Ets boja, Nahid! No entenc que t'hagis deixat enredar així per la Selma! Si els talibans t'enxampen aprenent anglès, et mataran! —s'havia esgarrifat la Basira quan la Nahid li va explicar que estava estudiant anglès amb l'amiga de la seva mare.

La Selma i la mare de la Nahid són amigues de la infantesa. Totes dues són de Herat, una ciutat a l'oest de l'Afganistan, prop de l'Iran, que els talibans van ocupar un any abans d'apoderar-se de Kabul, la capital. Havien anat plegades a l'escola i eren inseparables. La Selma, impacient, i la Farzana, més assenyada, es complementaven. Ja de petites formaven un bon equip. En acabar l'ensenyament secundari, la Farzana s'havia traslladat a Kabul per estudiar medicina. A Kabul hi havia dues facultats. En una d'elles, les classes s'impartien en la llengua paixtu, i a l'altra, en dari, la varietat del persa que es parla a l'Afganistan. Ambdues eren llengües oficials. La Selma es va quedar a Herat. Volia ser mestra.

A Kabul la Farzana havia conegut en Farid en una festa i s'hi va acabar casant. Ja no va tornar a Herat, tret de quan anava a veure la família per les festes assenyalades com ara el final del Ramadà o el Nawrooz, l'any nou afganès, una celebració que té els seus orígens en el zoroastrisme, la primera religió de l'Afganistan.

El contacte entre les amigues s'havia tornat esporàdic, fins que es van deixar de veure. Quan els talibans van prohibir a les dones l'exercici de qualsevol professió, totes dues, sense saber res l'una de l'altra, havien fugit de l'Afganistan. Es van retrobar a Peshawar, convertides en refugiades, i ara eren veïnes i treballaven juntes a l'escola i en la resta d'activitats.

—No siguis ximpleta, Basira, aquí al Pakistan els talibans no manen —va replicar la Nahid amb un somriure burleta en veure els ulls com taronges que feia la seva amiga.

La Basira té uns ulls preciosos, grossos i esbiaixats. El seu rostre i el seu cos encara conserven els trets d'una adolescent i tota ella es mou amb gestos sense gràcia. Les seves faccions arrodonides i les galtes carnoses li donen un aspecte més infantil del que li correspondria per l'edat que té.

—No, no manen, però també n'és ple i fan el que volen. No veus que el govern pakistanès és el seu principal aliat i còmplice? —la Basira està espantada de debò i alhora està enfadada. Fins ara, la Nahid i ella sempre ho han fet tot plegades.

La Basira és la millor amiga de la Nahid. Fa molt temps que són amigues: des que les seves famílies van arribar al Pakistan, fa vuit o deu anys, fugint de la guerra civil entre les diferents faccions integristes.

Totes dues famílies havien anat a parar al mateix camp de refugiats. Però aquell camp no era un lloc segur i la policia pakistanesa feia els ulls grossos quan bandes d'assaltants agredien els refugiats per prendre'ls el poc que els quedava. La corrupció de la policia pakistanesa no té límits.

Ni la família de la Nahid, ni la de la Basira s'hi van quedar gaire temps i, així que van poder, es van instal·lar en un dels barris afganesos de la ciutat.

El pare de la Basira aviat va trobar feina i des d'aleshores condueix un camió, decorat amb tot de dibuixos i colors llampants, carregat de foteses, com tots els camions que circulen pel Pakistan. Treballa per a una empresa pakistanesa i sol fer transport de fruita i verdura fins al famós mercat de Rawalpindi. Passa moltes hores lluny de casa, rere el volant del seu camió, però es té per un home de sort, perquè amb el que guanya pot mantenir els seus millor que molts altres pares de família afganesos.

El pare de la Nahid té una parada al basar. A l'Afganistan era enginyer i treballava en una central hidroelèctrica situada prop del riu Kabul, a la carretera que uneix la ciutat de Jalalabad amb la capital. Ara aquesta central no funciona, la carretera ja no existeix i el poblet on vivien molts dels treballadors de la central ha estat arrasat.

—Mira que ets poruga, Basira! —exclama la Nahid amb el to que faria servir per parlar amb una nena petita com la filla del germà petit del seu pare. La reacció de l'amiga l'ha feta sentir de sobte orgullosa de la decisió que ha pres.

La Basira la mira, sorruda, tancada en un silenci tossut, a la defensiva. No sap d'on li ve aquella por petita que s'amaga rere la por immensa que li fan els talibans. Té una espina clavada al cor des que la Nahid li ha dit allò de l'anglès.

—Ja em veig jo sola cuidant-me de la canalla de totes les dones del grup! —sospira amb enuig i amb un enorme desig d'aconseguir que la Nahid se senti culpable, amb ganes de ferir-la amb el seu retret. I, en canvi, no és això el que vol. No s'hi vol barallar.

—Que n'ets, d'exagerada! —la Nahid tampoc no vol que es discuteixin. De fet, li sembla que ha tingut una bona pensada que vol proposar a la seva amiga—. Escolta, Basira, podríem estudiar juntes. Com quan anàvem a l'escola i fèiem els deures, a casa teva o a casa meva, te'n recordes? Era força divertit. Segur que la Selma...

—Ai, que ets pesada amb la Selma! La Selma per aquí, la Selma per allà... —la Basira escarneix la seva amiga i acaba escridassant-la—. Ja te la pots confitar, la Selma i les seves estúpides classes d'anglès!

La Basira està a punt de plorar. Amb un gest brusc es posa de genolls damunt la catifa on fins ara seien totes dues la mar de tranquil·les mentre cosien. Està molt enrabiada.

—Però, Basira... —la Nahid està tota desconcertada. No s'esperava una reacció així de la seva amiga. Mira de fer broma—: Basira, no siguis bleda...

En un tres i no res, sense mirar la Nahid, la noia recull els estris de costura (els fils de colors, les tisores, el paper amb la mostra geomètrica que està brodant al voraviu d'un vel, que també rebrega de qualsevol manera), i ho entafora tot dins la bossa de plàstic.

La Basira broda molt bé i, a més, li agrada. Fins aleshores, les noies, quan no havien de tallar verdures o estar per algun dels menuts, es passaven hores brodant plegades, assegudes al porxo mentre feien petar la xerrada. Els brodats de la Basira eren un autèntic prodigi, una filigrana. Té una vista magnífica i això li permet comptar els fils i les puntades sense gaire esforç, i també té un gust exquisit i una intuïció molt creativa per combinar colors i formes.

—Quan sigui gran —deia sovint—, em penso guanyar la vida brodant per a algun majorista, com fa la meva mare.

Però avui no hi ha res que li importi menys que els seus somnis de futur. Li fa mal el present.

—Basira, què fas? Seu, no et posis així! Escolta... —la Nahid mira d'aturar-la, li estira el vestit.

—Deixa'm estar! —crida la Basira, desempallegant-se de la Nahid d'una estrebada. Després s'alça de la catifa d'una revolada. Crida els seus germans petits, que rondinen, però ella fa el sord davant les seves queixes i se'n va cap a casa, deixant la Nahid amb la paraula a la boca.

Estimada Ariadna:

La Basira m'ha deixat de banda i això em fa sentir molt malament. La seva actitud m'entristeix, perquè ara estic molt sola. Jo em pensava que només seria un rampell, que ja li passaria i podríem tornar a fer broma com abans; però, tot i que continua venint a casa cada tarda, ja res no és com era. No parla i em fa l'efecte que em mira amb recel. Ja no sé de què parlar amb ella, perquè em fa la impressió que qualsevol cosa que jo digui se li posarà malament. I no sé què fer. Fa dies que està així. En fi, tampoc no et vull inflar el cap amb aquestes coses. Em preguntaves, en el teu darrer *e-mail*, d'on havien sortit els talibans. Així, doncs, ja no m'entretinc més i t'envio el text que t'he escrit.

Els talibans es van crear al Pakistan.

Els països que tenien alguna mena d'interès econòmic, estratègic o d'influència a la zona i que els convenia que a l'Afganistan passés el que passava, perquè els resultava profitós, continuaven alimentant, des de fora, el monstre de la guerra.

I després, quan en van estar farts, van crear una força nova, un monstre jove, amb mil caps joves: els talibans, els estudiants sortits de les madrasses, les escoles alcoràniques, on només aprenen el fanatisme integrista.

Els seus creadors van triar com a matèria primera un grapat de criatures ignorants i desesperades, nens orfes de la guerra, morts de gana i orfes també de qualsevol lligam afectiu, i els van anar convertint en la llavor de l'horror que havia de caure damunt l'Afganistan. Entre el Pakistan, l'Aràbia Saudita i els Estats Units van dissenyar i crear una estirp de màquines humanes de matar, instruments de destrucció, cruels, disposats a morir per instaurar un nou ordre del terror sota el qual ningú no gosés ni tan sols respirar.

No sé pas què tenen previst fer amb ells els seus creadors quan hagin aconseguit els seus objectius, quan ja hagin enllestit la feina bruta i hagin fet callar totes les veus que es poden alçar a l'Afganistan en contra de la barbàrie i, per tant, ells, els qui els van crear, puguin fer amb el meu país el que els sembli. Suposo que llavors enviaran els seus cossos especials per treure'ls del mig.

Els talibans destrueixen la vida i miren de destruir també l'esperança. Emmordassen la població, terroritzen la gent, tallen mans i peus, apedreguen els amants i els homosexuals, neguen l'educació a les noves generacions, esborren de l'existència les dones i, en nom d'un islam que ells s'han inventat, imposen obligacions, restriccions i prohibicions inacceptables per part de cap ésser humà.

Aquests són els talibans, Ariadna, encara que tot et sembli tret d'un malson pervers i impossible d'imaginar.

La mare i la Selma t'envien molts records, i jo, ja ho saps... molts petons.

Sopen asseguts a terra, damunt les estores del porxo, amb les cames plegades, com estableixen els bons costums.

L'àvia Nadima ha estès un hule i ha tret el *nan*, el pa afganès, pla i sense llevat, que l'avi Mahroof es cuida de comprar cada matí al forner del basar, quan surt a fer la seva passejada diària. La mare de la Nahid li ha aconsellat que ho faci per tal que al vell no se li encarcarin les articulacions i els ossos. El basar no és gaire lluny, però per a l'avi Mahroof suposa un bon recorregut, perquè camina coix i perquè ja té una edat molt avançada. El vell dorm poc i malament, i sortir de bon matí a buscar el pa l'allibera d'haver-se de quedar ajagut a l'estora, girant-se i tombant-se, neguitós. A més, fa que se senti útil.

—Quan jo era jove —ha explicat l'àvia Nadima a la Nahid més de cent vegades— cada matí em cuidava de pastar i coure el pa per a la meva família.

Asseguts al voltant de la cassola, que fumeja, els membres de la família fan servir trossos de pa, com si fossin culleres, per ficar-se a la boca el guisat de verdures, patates i una mica de pollastre.

La Nahid va i ve de la cuina, situada a l'altra banda del pati, en un espai a part, cada cop que falta alguna cosa a taula o s'ha de tornar a omplir d'aigua la gerra.

Gairebé han acabat de sopar quan el pare de la Nahid pregunta a la seva dona:

—Així, doncs, quan arriba el fill del teu germà?

En Farid, el pare de la Nahid, és un home cepat, que s'acosta més a cinquanta anys que a quaranta. Té els cabells i la barba castanys i uns ulls de mirada penetrant i càlida, del color de la mel espessa i fosca. Parla poc i, quan ho fa, és amb calma, en un to greu, i sense alçar mai la veu.

—L'home que ha arribat aquesta tarda des de Kabul, diu que d'aquí a dues o tres setmanes —respon la mare de la Nahid mentre escura el plat amb un bocí de *nan*.

Des que els talibans s'han apoderat de gairebé tot el país, res no funciona a l'Afganistan. El correu tampoc. La gent que encara viu a l'interior del país ni tan sols pot enviar una carta als parents refugiats al Pakistan o exiliats en qualsevol altre indret de la resta del món. Els missatges es transmeten de viva veu quan algú marxa o viatja al país veí a resoldre algun assumpte o a visitar els familiars i els amics.

—I quines notícies hi ha de Kabul? —pregunta llavors en Farid.

—Doncs... aquest home diu que la situació empitjora de dia en dia —sospira la dona mentre recull els plats i els apila en un racó de l'hule per tal que la Nahid se'ls endugui—. He suposat que voldries parlar amb ell i li he dit que vingui aquest vespre, després de sopar. Així podreu parlar amb calma.

El pare de la Nahid fa que sí amb el cap i dedica a la seva dona una mirada d'aprovació. Ella somriu.

—I com s'ho farà el teu germà a Kabul per dur la llibreria tot sol si el noi ve a viure aquí, amb nosaltres? —pregunta llavors l'àvia Nadima a la Farzana, mentre canvia de postura i es recolza en els coixins arrenglerats a la paret del pati.

—Em sembla, mare, que pocs llibres es deuen vendre ara a l'Afganistan —li respon la Farzana amb un deix de tristesa, mentre fa anar el cap—. Ja ho sap, vostè, que des que els talibans han sotmès la població, la lectura de qualsevol llibre s'ha convertit també en un acte subversiu; la prohibició i la crema de tots els llibres que els semblen sospitosos d'atemptar contra l'absurda interpretació que ells fan de l'islam o que consideren un instrument de propagació de la suposada corrupció d'Occident, és un trist episodi més d'aquest període d'horror que ens ha tocat viure.

—És una vergonya! —remuga alterat l'avi Mahroof—. Una colla d'arreplegats, analfabets i ignorants s'han ensenyorit del poder i, pel que es veu, no pararan fins que hagin destruït el més petit rastre de la nostra cultura.

La Nahid s'alça de la catifa per endur-se els plats bruts. Els fills del germà petit del seu pare encara són petits. Per tant, totes aquestes tasques domèstiques li corresponen a ella. Ja sap que en Sharif, el seu cosí, és un parell d'anys més gran que ella i que, per tant, la seva presència a casa no comportarà cap canvi en aquest sentit. La noia pensa en això mentre frega les olles i els plats del sopar a la cuina, aclofada davant el bidó d'aigua que omplen amb la mànega de regar per tal de disposar d'una certa reserva durant els freqüents talls en el subministrament que es produeixen a Peshawar. El bidó té una aixeta petita a la part de baix; l'aigua bruta va a parar directament a terra i corre cap al desguàs que hi ha en un racó.

—Nahid! —crida la mare des del porxo—. Posa a bullir aigua per al te, filla. Aquest vespre tenim reunió amb les dones i ja deuen estar a punt d'arribar.

—Que no has dit que vindria l'home de Kabul, l'amic de la teva família? —pregunta en Farid, sorprès, alçant una cella.

—I fes-ne un altre termos per al teu pare i el seu convidat, si us plau! —afegeix la dona, encara parlant amb la filla. Després es gira cap al marit—. Sí, ell també vindrà. Però nosaltres tenim un parell de coses urgents per discutir i ja havíem quedat. Si enllestim aviat, ja ens afegirem a la tertúlia. Si no, ja m'ho explicaràs tu més tard.

La Nahid fingia una indiferència absoluta per les reunions que la mare organitzava amb les seves amigues, i amb la seva actitud els volia donar a entendre que a ella els temes que hi tractaven no li importaven gens ni mica. Però la veritat era que, des que havia començat a estudiar anglès, i sobretot des que acompanyava la Selma, un parell de cops per setmana, a un dels Clubs d'Internet que hi havia al centre de la ciutat per aprendre a fer anar un ordinador, sovint parava orella i escoltava les seves converses. Els servia el te i s'asseia prop d'elles, dissimulant el seu interès. I estava tan enfeinada mirant d'amagar la seva curiositat, que no s'adonava dels somriures de complicitat que intercanviaven les amigues de la seva mare quan se n'adonaven.

A més, la Nahid s'esforçava molt més amb l'anglès des que la Selma li havia encarregat que, per practicar amb el correu electrònic, es fes càrrec de la correspondència amb aquella Ariadna que volia fer un treball sobre les guerres de l'Afganistan. D'això ja feia un grapat de setmanes i la Nahid estava encantada amb ella. Sovint se sorprenia pensant en les coses que explicaria a aquella nova amiga seva i esperava amb impaciència les tardes que la Selma anava a buscar-la per anar al Club d'Internet. Escriure a l'Ariadna i poder-li explicar la realitat del seu país la feia estudiar amb més ganes, amb més afany per poder-se expressar millor en una llengua estrangera per a totes dues i proporcionar a l'Ariadna la informació que demanava.

—Mare, ¿tu penses que l'Ariadna es pot fer una idea de com és el nostre món i com són les nostres vides? —preguntava a vegades a la seva mare mentre estenien la roba al pati.

Estimada Ariadna:

Aviat es produirà una gran novetat en les nostres vides: el meu cosí Sharif abandona l'Afganistan i es quedarà a viure amb nosaltres. Ajudarà el meu pare i el meu oncle Zahoof al basar. A mi només em representarà una mica més de feina, perquè és un pèl més gran que jo i, en les famílies afganeses, són els més joves els qui s'encarreguen de les feines de la llar. Tant se val si són nois o noies, només depèn de l'edat. Així és que no me'n podré escaquejar. Bé, potser ell es cuidarà d'anar al mercat, però això més aviat em fastiguejaria, perquè quan vaig a comprar em distrec. Sovint hi vaig amb la Basira i aprofitem per fer un volt. De petits, quan jo encara vivia a Kabul, en Sharif i jo jugàvem plegats, amb els nostres cosins i cosines, però ara fa anys que no ens veiem. Tinc ganes que arribi i veure si ha canviat gaire. És clar que deu haver canviat! Ja és un home, però volia dir de manera de ser. Si encara deu ser tan alegre i divertit com quan érem petits.

Tu tens cosins? Gairebé no sé res de la teva família, només que tens una germana petita amb qui et baralles sovint. M'agradaria saber més coses de tu, Ariadna. No tardis gaire a contestar-me. M'agrada molt arribar al Club d'Internet i trobar al correu electrònic un missatge teu.

Estimada Nahid:

És cert que gairebé no t'he explicat res de mi. En realitat, la meva família no és tan nombrosa com la teva. La meva mare és filla única i el meu pare té dues germanes, però viuen en una altra ciutat i quasi no ens veiem. Només em queda una àvia que viu en una residència, en un poble de muntanya. De tant en tant l'anem a veure, però sovint només hi van els meus pares, perquè la Sònia i jo passem molt. Amb les meves cosines ja no hi tenim cap relació. De petites ens vèiem més; però des que viuen fora i ens hem fet grans, només ens trobem per Nadal o en alguna altra festa familiar. Et confesso que t'envejo una mica la família, sobretot la teva àvia, que t'explica històries i contes. Potser hauria d'acompanyar els meus pares la pròxima vegada que vagin a la residència. Podria demanar a la meva àvia que em parlés de coses del passat i de quan ella era jove... Reconec, amb una certa vergonya, que mai abans no m'hi havia interessat i que la trobava molt pesada quan començava amb les seves batalletes.

Adéu; si no, faré tard a classe. Un petó, Nahid.

En Sharif és alt i bru. Els cabells i la barba atapeïts, negres com una nit sense lluna. És paixtu, com la mare de la Nahid. En canvi, en Farid, el seu pare, és tadjik.

—El que més m'agradaria seria afaitar-me la barba ara mateix! —exclama el jove Sharif mentre remena amb la cullereta el te verd, molt ensucrat.

Només fa una estona que el noi ha arribat a la casa on viu la Nahid amb els seus pares, els avis, el germà petit del seu pare i els seus fills, però ja s'hi troba de gust i ara, un cop s'ha rentat, després del viatge tan llarg que ha fet des de Kabul, xerra amb la família, assegut al porxo. Com la majoria dels afganesos, que acostumen a ser gent que gaudeix amb l'intercanvi d'impressions i les llargues reflexions, el jove Sharif és un gran conversador. A més, com que acaba d'arribar de l'Afganistan, té moltes coses per explicar sobre la situació a l'interior del país, sobre els esdeveniments més recents en les vides dels parents i els amics.

—Aviat està fet —diu el pare de la Nahid fent referència al desig que el noi acaba d'expressar.

—Sí, però val més que no ho faci —respon el jove amb un somriure còmplice—. Els talibans continuen obligant tots els homes a deixar-se barba. En aquest sentit, res no ha canviat: hem de dur els cabells curts, el cap cobert i vestir-nos amb la roba tradicional afganesa. Dur roba occidental continua sent prohibit. Em deixaré la barba. Així, en qualsevol moment, si vull entrar a l'Afganistan per anar a veure el meu pare o si voleu que hi faci algun viatge o cal dur algun missatge o encàrrec als membres de la xarxa clandestina, no hauré d'esperar que em torni a créixer —afegeix el noi amb ulls riallers.

No són només les dones les qui treballen en les xarxes clandestines que tenen les organitzacions afganeses dins el país. Els homes de les seves famílies també hi estan implicats, perquè a l'Afganistan els homes no són talibans ni comparteixen el seu menyspreu i la seva aversió per les dones.

—Ben pensat, Sharif! —aplaudeix l'àvia Nadima—. M'agrada el fill del teu germà, estimada; és un noi força eixerit —afegeix llavors dirigint-se a la Farzana.

—No em sé avenir que al nostre país hàgim arribat a aquests extrems —es lamenta l'avi Mahroof, que avui té un dia lúcid—. A vegades, fins i tot penso que tan sols es tracta d'un malson i que em despertaré a la nostra casa de Kabul. És increïble que el futur de l'Afganistan i les vides de tots nosaltres, els homes i les dones afganesos, estiguin en mans d'escamots armats de ganduls que no saben fer res tret de matar, i escampar arreu la destrucció i la desolació; que els carrers de les nostres ciutats hagin estat presos per joves insolents que es dediquen a prendre la mida a les barbes dels homes pels carrers i a clavar pallisses a aquells que la portin massa curta... Faria riure si no fos tan espantós.

—¿Te'n recordes, pare, quan els talibans van afaitar el cap a tot l'equip de futbol pakistanès que va anar a jugar un partit a l'estadi de Kabul, només perquè havien sortit al camp amb pantalons curts? —riu la Nahid.

—Amb totes les seves imposicions i normes, amb els seus brutals càstigs públics i les seves execucions sumàries, els talibans han aconseguit crear a l'Afganistan un estat permanent d'opressió, un clima de terror i de tristor que es respira pels carrers. Han imposat una repressió tan ferotge de qualsevol expressió de vida que fa feredat —diu llavors en Sharif, de sobte seriós—. Em fa sentir una tristesa immensa haver-me vist obligat a marxar del meu país per poder continuar els estudis. A l'Afganistan, sota el règim talibà, és impossible.

—Jo em pensava que només havien prohibit estudiar les noies, però que a vosaltres sí que us estava permès —comenta la Nahid molt sorpresa.

—T'equivoques, Nahid, a nosaltres, tot i que d'una altra manera, també se'ns nega el dret a l'educació. No ens han tancat les escoles; però, en prohibir treballar a les dones, com que la majoria del personal de les escoles era femení, ens hem quedat sense mestres i professores. I per acabar-ho d'adobar, de mica en mica han reconvertit les escoles en madrasses, eliminant del programa qualsevol assignatura que no fos aprendre l'Alcorà i les consignes talibanes. Als professors d'història, llengua, matemàtiques i altres matèries els pagaven cada vegada menys, fins que van abandonar la docència per buscar-se alguna altra font d'ingressos.

—Quina barbaritat! —exclama la mare de la Nahid.

—Tampoc no ens han prohibit anar a la universitat

com a vosaltres, però el nivell de les facultats que encara són obertes és patètic. La majoria del professorat ha fugit del país o s'ha vist obligat a treballar en qualsevol altra cosa per guanyar-se la vida i poder alimentar les seves famílies. Si això continua, aviat no quedaran professionals de cap especialitat.

Un silenci trist esborra de cop i volta l'aire festiu i relaxat de la petita reunió de benvinguda, mentre la lluna, indiferent a tot, o infinitament compungida, s'enfila pel cel.

—Per què no vas a estudiar a Europa com el meu germà en lloc de quedar-te aquí, al Pakistan? —pregunta llavors la Nahid.

—Amb quins diners, Nahid? El teu germà és afortunat perquè va aconseguir una beca per estudiar a l'estranger, però és un cas entre milers, potser entre milions. —En Sharif calla, dubta un instant, perquè no vol ofendre la família de la germana del seu pare, però acaba dient el que pensa—: A més, jo no vull allunyar-me tant de l'Afganistan. Vull ser-hi a prop. Poder-hi tornar de tant en tant, ni que sigui de visita per un parell de dies, mentre duri aquesta situació. No podria viure lluny de l'Afganistan. Em sembla que tindria la sensació d'estar traint la meva gent. I per damunt de tot, m'enyoraria molt.

Es torna a fer el silenci. Un silenci molt més trist, molt més dens, perquè tots coneixien prou aquest enyor.

Estimada Ariadna:

Avui estic trista. Les notícies que en Sharif ha portat de l'Afganistan no són precisament per alimentar l'esperança. La mare diu que hem de treballar amb els ulls posats en el futur, però em pregunto: quin futur? Nosaltres, els homes i les dones afganesos, tenim un passat i teníem un present. I el futur estava en les nostres mans fins que els interessos de gent de fora es van centrar en el meu país i va començar una nova forma d'invasió. Ara són ells qui decideixen, o pretenen decidir, qui som i què hem de fer. Com déus capriciosos, creen, legitimen i reconeixen estats, països i governs.

Fins quan continuaran fent això amb l'Afganistan?

Ariadna, ¿penses que d'aquí a cent anys hi haurà pau a l'Afganistan? ¿Creus que d'aquí a cent anys ens hauran deixat en pau i ens podrem regir pel nostre propi sistema de govern, pels nostres consells locals, per les nostres assemblees, on les decisions es prenen per consens? ¿O potser l'Afganistan ja no existirà i es parlarà dels nostres pobles com d'altres ètnies del planeta que ja s'han extingit? ¿Creus que acabaran convertint-nos en el suburbi d'algun poder econòmic, en la sucursal de qualsevol multinacional, en un trist i desert lloc de pas per a altres, en el pati del darrere de qualsevol?

Estimada Nahid:

No vull que estiguis trista. Em fa mal l'ànima de pensar en tot el que estàs passant, en tot el que està patint la teva gent, el teu país... Però trobo que la teva mare té raó. Això no pot durar sempre. Aquí tenim una dita: «L'esperança és l'última cosa que es perd». I encara una altra que diu: «Mentre hi ha vida hi ha esperança». I el teu país és viu. Tu ets viva, estimada Nahid. Ja sé que per a mi és fàcil dir-te aquestes coses, perquè no he de patir el que tu has de patir, però no et desanimis. El futur existeix, està al teu abast.

Mira, el meu país també està format per diferents nacions, amb les seves llengües, les seves cultures i el seu propi passat. Els nostres pobles també han estat dividits per fronteres i oprimits per diferents governs i, tot i que no ho hem oblidat, i de tant en tant torna a sorgir la polèmica, vivim en pau i no crec pas que la guerra torni a clavar les seves urpes en nosaltres mai més.

Vull creure en un futur per a l'Afganistan. Un futur feliç i en pau. I estic segura que arribarà un dia en què et podré anar a veure a Kabul. Tu aniràs a la universitat, tot haurà estat reconstruït, els cinemes seran oberts i seurem plegades en una terrassa a menjar-nos un gelat, perquè l'Afganistan tornarà a ser dels afganesos.

No estiguis trista, Nahid. Ara mateix m'agradaria ser amb tu, allà, per abraçar-te molt i molt fort.

Estimada Ariadna:

Gràcies pel teu *e-mail* de l'altre dia. Saps?, aquí tots ens escarrassem tant per no ensorrar-nos que no puc parlar amb ningú dels meus temors, de la meva tristor... I això que tots tenim els mateixos sentiments.

Estimada Ariadna, quan vaig rebre el teu darrer missatge, em vaig sentir tan compresa, tan estimada, que vaig desitjar de tot cor tenir una germana com tu, millor dit, que tu fossis la meva germana. Gràcies per la teva abraçada.

Estimada Nahid:

No saps com m'agradaria que fóssim germanes. N'estaria tan orgullosa!

Durant els primers dies, després que arribés en Sharif, la Basira, quan anava a casa la Nahid, mantenia una actitud reservada i distant. La separació entre homes i dones, dins la societat afganesa, existeix, tot i que d'una manera molt més natural de la que pretenen imposar els talibans. Les famílies afganeses són tan grans que arriben a formar tot un grup social força extens. Les relacions amb els veïns també es cultiven molt, fins a l'extrem que són considerats i tractats gairebé com a membres de la família. Tot i això, els joves de diferents sexes mantenen un cert distanciament, que es caracteritza per la timidesa. I la Basira se sentia cohibida davant d'aquell jove i ben plantat cosí de la Nahid, amb qui no tenia cap parentiu.

S'havia reconciliat amb la seva amiga pocs dies després del seu rampell i, malgrat que encara arrufava el nas quan la Nahid la deixava de banda per fer els deures d'anglès, escoltar les notícies de la BBC o llegir algun llibre o diari estrangers que li duia el seu pare del basar, evitava fer comentaris corrosius o posar de manifest el seu descontentament.

Les seves freqüents visites a la casa i la naturalitat

d'en Sharif havien anat trencant el gel i, quan coincidien tots tres al pati, alguna tarda que en Sharif no tenia classe o no ajudava en Farid a la parada del basar, mantenien animades converses. La Basira, tot i la por que li feia sentir parlar dels talibans, mai no es cansava d'escoltar les coses que en Sharif els explicava.

—Els talibans patrullen tothora per la ciutat. Es passegen pels carrers dalt dels seus Toyotes impressionants i en qualsevol moment poden protagonitzar tota mena d'incidents: detenir algú, clavar-li una pallissa, aturar un autobús i escorcollar tothom, o el que ens feien a nosaltres, entrar a la llibreria i regirar-ho tot. Però els pitjors són els grups especials, els que han estat escollits per formar un cos específic, la «policia talibana per a la preservació de la virtut i la prevenció del vici», com ells l'anomenen. Aquests encara són més brutals. Però només patrullen determinats dies de la setmana. Llavors la gent procura no sortir al carrer. Per si de cas.

—Però, què pretenen? —pregunta la Basira fent uns ulls com unes taronges.

—Imposar el terror. Com en tot el que fan. —En Sharif arronsa les espatlles. Allò que sorprèn la Basira, perquè no ho ha viscut mai, ha format part de la seva vida quotidiana.

—Però dius que també entren a les botigues, que van assaltar la vostra llibreria... Per què fan aquestes coses? Quines infraccions del seu codi es poden cometre en una botiga de llibres?

—Odien la cultura, i els llibres especialment. Ja en van cremar molts quan van ocupar la ciutat. I ara es dediquen a fer incursions de tant en tant per tal de controlar que es compleix la prohibició de reproduir imatges de persones o animals. Les cobertes de molts llibres, les postals i les il·lustracions de molts textos suposen una clara infracció de les seves estúpides normes.

—I llavors què fan?

—Depèn de l'escamot que t'enxampi, de l'humor que estiguin o de les ganes que tinguin d'organitzar mullader. Un dia es van limitar a guixar amb un retolador negre tots els dibuixos i fotografies. Es van passar la tarda a la llibreria. Ho van deixar tot fet una llàstima: les cobertes de llibres de cuina, d'art o d'història, les il·lustracions dels llibres de contes i llegendes... De fet, ens han fet malbé molts exemplars.

—Vau tenir sort que no us fessin res a vosaltres —comenta la Nahid, que escolta a mitges, perquè asseguda a la catifa, amb les cames encreuades sota el vestit, escriu una redacció en la seva llibreta d'anglès.

—Aquell dia no —li contesta en Sharif—, però en una altra ocasió va entrar un escamot de la seva policia especial, d'aquells de qui us parlava, que són molt més estrictes. Van trencar els vidres dels aparadors, es van carregar els expositors i van estomacar el meu pare. Ens van tancar el negoci durant deu dies. És la sanció habitual. Ho fan també a les parades del basar.

—Van pegar al teu pare? —pregunta, horroritzada, la Basira.

En Sharif fa que sí amb la mateixa indiferència d'abans. Per a ell, la violència que els talibans apliquen als ciutadans és una cosa amb què s'ha de comptar sempre.

—El meu pare va estar baldat una bona temporada.

Les pallisses dels talibans són realment espantoses. Poden tenir conseqüències greus. Fins i tot hi ha gent que ha mort. Allà mateix, al carrer, o allà on els hagin apallissat. Els talibans fan servir unes porres llargues, que ells, a més, omplen de monedes per tal que els cops siguin encara més contundents.

—¿I ara ja no veneu postals o llibres amb fotografies prohibides? —la pregunta de la Basira és gairebé una afirmació.

—I és clar que ho continuem fent! Però prenem més precaucions. I si els veiem venir, amaguem de seguida el material més compromès...

—I si us enxampen? —exclama la Basira, esverada pel que li sembla una mostra d'inconsciència, gairebé una temeritat per part dels botiguers de Kabul.

—Ja mirem que no ens passi; però, si ens enxampen, tanquem la llibreria durant aquests deu dies que us dic, i després tornem-hi! —replica en Sharif amb un somriure murri. I afegeix burleta, amb un punt de menyspreu—: Els talibans són molt bèsties, però no són gaire eixerits. I la majoria ni tan sols no sap ni llegir. No tenen ni idea de què parlen els llibres que destrueixen.

—No et fan por, oi? —pregunta la Basira, admirada. Ella no ha viscut mai sota el règim talibà, perquè la seva família va fugir de l'Afganistan durant la guerra civil entre les altres faccions integristes, abans que ningú hagués sentit parlar dels talibans ni sospités de la seva existència, però per les coses que explicava la gent a la Basira li produïen autèntic terror.

—La por sempre té un efecte paralitzador —respon

en Sharif de seguida—. No et deixa pensar amb el cap clar ni actuar amb seny.

—No sé si se'n pot dir seny, d'això que feu, desafiant constantment els talibans.

—És una manera de demostrar-nos a nosaltres mateixos que encara ens queda un reducte de llibertat —replica en Sharif, mentre torna a arronsar les espatlles.

—Però arriscar-se sense motiu...

—Estic d'acord que arriscar-se sense motiu és una bajanada —la interromp en Sharif, vehement—, però ferho per poder conservar un mínim de dignitat crec que fins i tot es podria considerar una obligació. No es tracta de provocar gratuïtament les ires dels talibans i desafiar-los perquè sí, Basira, sinó d'intentar ser subversius i boicotejar totes les seves imposicions, perquè el que pretenen és anul·lar-nos a tots com a persones.

—Crec que tens raó —intervé la Nahid, tancant el quadern i deixant-lo vora seu, damunt la catifa—. És el mateix que fan la mare i les seves amigues amb la xarxa d'escoles clandestines.

—Exacte! —exclama en Sharif amb els ulls brillants, dedicant a la Nahid un radiant somriure d'aprovació que fa que la noia aparti els ulls.

—A mi em sembla que el risc és excessiu —murmura la Basira, de mal humor, fent anar el cap d'una banda a l'altra. El caire que ha agafat la conversa la fa sentir incòmoda i adopta una actitud gairebé agressiva—. Ho trobo suïcida!

—No, no ho és! —replica la Nahid, saltant com una lleona—. Acceptar, o cosa que encara és pitjor, resignarse a viure sense cap dret, que et tractin amb menys consideració que un animal i permetre que un grup d'exaltats et privin de viure com una persona per la força de les armes i el terror sí que és suïcida. Per a mi, és estar mort en vida. Per què et penses que a l'Afganistan se suïciden tantes dones, Basira?

La Basira no contesta. Se sent acorralada pels arguments que esgrimeixen els dos cosins, que sembla que s'hagin posat d'acord. Se sent a part. Exclosa.

—Ho saps? —insisteix la Nahid—. Doncs precisament perquè no poden suportar aquesta vida que no és vida i que els talibans els han imposat. Perquè han perdut l'esperança.

—Quan vaig marxar de l'Afganistan, corrien tot d'acudits nous sobre els talibans —diu llavors en Sharif per amorosir una mica el to tan dur que agafa la conversa.

—Acudits sobre els talibans? —la Basira no se sap avenir del que sent.

En Sharif somriu. L'expressió sorruda i adulta que s'ha apoderat del seu rostre durant la discussió desapareix i dóna pas a una ganyota maliciosa que el torna a rejovenir, i, mentre explica anècdotes a les noies, una rialla balla brillant en els seus ulls foscos.

—Els talibans diuen que la sequera que regna a l'Afganistan des de fa tres anys i que està causant tanta fam en tot el país i la pèrdua dels ramats, que no tenen on pasturar, és un càstig de déu perquè, segons ells, els afganesos no som prou bons musulmans.

—Quin disbarat! —exclama la Nahid fent anar el cap amb incredulitat—. Si no plou, no plou, què hi té a veure déu amb això!

—D'entrada —continua en Sharif— van ordenar a tota la població que resés. Ells mateixos van organitzar grans pregàries i oracions. Però tampoc el seu fervor no va merèixer les benediccions d'Al·là, tant que es vanten de ser els més purs i fidels creients de l'islam. I no plovia. La sequera es perllonga encara ara. Ja us podeu imaginar els farts de riure que es feia la gent davant tanta estupidesa! D'amagat, és clar.

—No sé com pot ser que la gent, a l'Afganistan, encara tingui esma de riure, amb totes les crueltats que està patint sota el règim dels talibans.

La Basira no ha rigut. No hi troba la gràcia, a això que en Sharif els ha explicat; la Nahid, sí.

—La gent té poques ocasions de riure a l'Afganistan, Basira, en això tens tota la raó, però potser el fet de poder riure davant l'espant, de saber trobar graciós el que és grotesc, és una de les poques coses que ens permet de sobreviure i no tornar-nos bojos a cada moment.

Estimada Nahid:

Aquesta tarda he anat al cinema amb la colla. Hem vist una pel·lícula que a mi m'ha agradat molt però que m'ha deixat una mica trista. Tot passa en una nit de Sant Joan, entre una comtessa jove, que no sap gaire què fer amb la seva vida, i un criat seu, un aprofitat que la vol seduir per arribar a ser comte. Al final ella se suïcida. Terrible. Sobretot per la sensació de desesperació que transmeten tots els personatges. Després ens hem ficat en un bar a cruspir-nos una hamburguesa. He tornat a casa a quarts de quinze. Sort que demà és diumenge i podré dormir fins tard. Però no me'n volia anar al llit sense escriure't abans. Bona nit, estimada Nahid.

Estimada Ariadna:

De petita, quan encara vivia a Kabul, vaig anar alguna vegada al cine; després va arribar la guerra i més endavant, els talibans, que van tancar els cinemes, els teatres i qualsevol local d'esbarjo. Segons ells, tot el que no sigui resar és condemnable i contrari a la voluntat del déu que s'han inventat. Imagina't!

Per a moltes de nosaltres, les dones afganeses, la desesperació és la més fidel de les companyes. No he entès ben bé per què se suïcida la protagonista de la pel·lícula que has vist, però a l'Afganistan hi ha moltes dones que se suïciden. Moltes. També n'hi ha que s'han tornat boges o pateixen trastorns mentals greus, de tanta desesperació. Al meu país, després de vint-i-tres anys de guerres, hi ha moltes vídues i orfes. I, com que ara a les dones no els està permès treballar, estan condemnades, elles i els seus fills, a morir-se literalment de gana. Elles sí que estan desesperades. La teva comtessa no em fa gens de pena. Gairebé em fa ràbia.

Petons de la teva germana afganesa.

Estimada Nahid:

No et volia ofendre quan et vaig comentar la pel·lícula, de veritat. M'imagino que des d'aquí, des d'un indret on gaudim de tantes llibertats de què a vosaltres us han privat, i que nosaltres donem per suposades, és difícil que arribem a ser capaços de posar-nos en el vostre lloc. Em sap molt de greu, Nahid, de debò. Procuraré tenir-ho present. T'ho prometo. No t'enfadis, d'acord?

És divendres, dia de festa per als musulmans, i per això en Farid, el pare de la Nahid, no ha anat a treballar. Xerra amb en Sharif i amb el seu germà petit en un extrem del pati. Al porxo, la mare de la Nahid parla tota acalorada amb la Selma. L'avi Mahroof fa una becaina a l'ombra i l'àvia Nadima i la Nahid són a la cuina preparant un termos de te. La canalla juga al pati de terra amb els bassals que es fan sota la roba estesa al sol.

—Quan fa que estàs així? Per què no m'ho havies dit? —la Farzana gairebé la renya, per bé que pel to de la seva veu és evident que està més amoïnada que enfadada, mentre mira de posar el palmell de la mà damunt el front de la seva amiga o d'agafar-li el canell per trobar-li el pols. Però la Selma no deixa que la toqui i li aparta les mans amb un gest feble.

—És aquesta calor —diu gairebé com una disculpa. La Selma no procedeix de cap de les províncies de l'Afganistan on la gent està habituada al fred; però, malgrat el temps que fa que viu a Peshawar, tampoc no s'acostuma a la xafogor constant de la ciutat pakistanesa.

Fa dies que no es troba gens bé. Està marejada, el poc que menja se li posa malament i pateix un cansament enorme. Però el que més l'amoïna és que ja fa dies que, per culpa d'aquest malestar que la té tan aixafada, no ha pogut dur a terme una de les tasques que té encomanades dins de l'organització: contestar els *e-mails* que reben des de diversos països del món.

Abans que la Nahid s'hagi refugiat a la cuina, ha quedat clar que s'haurà d'encarregar de tot fins que la Selma es trobi millor.

—Però no hi pot anar sola! —es lamenta la Selma.

Al Pakistan una dona no pateix les mateixes restriccions que imposen els talibans a l'Afganistan, però és impensable que una noia jove com la Nahid vagi sola al centre, i menys encara a Peshawar, on l'ambient i la mentalitat són molt més tradicionals i estrictes que en altres indrets del país.

—Si no hi teniu cap inconvenient, jo podria acompanyar la Nahid al Club d'Internet —diu en Sharif interrompent la conversa de les dones.

—Però, i les teves classes? I la teva feina al basar? —pregunta la mare de la noia, tot i que sap que la solució que els ofereix en Sharif seria perfecta.

—La feina no és cap problema —diu en Farid—. Ja ens apanyarem. Em sembla molt més important que no es perdin els contactes amb la gent que dóna suport a les vostres activitats. A més, abans que en Sharif vingués a viure amb nosaltres, ja treballàvem sols, el meu germà i jo.

—Tot arreglat! —sospira la Farzana alleujada—. I tu —afegeix adreçant-se a la Selma— em faràs el favor de cuidar-te.

La Nahid no amaga el seu nerviosisme. Fins ara

només ha practicat l'anglès i l'ús de l'Internet en la seva correspondència amb la seva amiga Ariadna.

—No ho sabré fer, Selma, em faré un embolic! —es resisteix, tot i que sap que és inútil. La decisió ja està presa.

La Nahid sap que ho ha de fer, que és correcte, però està espantada. No obstant això, per altra banda, també se sent orgullosa que tots confiïn en ella perquè assumeixi aquesta nova responsabilitat. Però se sent insegura. Una cosa és escriure a l'Ariadna i una altra de ben diferent, portar la correspondència de l'organització.

—I és clar que ho sabràs fer, dona! —l'encoratja la Selma, que s'ha ajagut al porxo, tota blanca i ullerosa. L'àvia Nadima, asseguda al seu costat, la venta, perquè torna a fallar el subministrament elèctric i els ventiladors no funcionen—. Au, porta la llibreta!

La Nahid s'asseu al seu costat i la Selma li va donant instruccions per tal que pugui contestar els *e-mails* fins que ella es trobi millor.

—No sé prou anglès... —es plany la Nahid en una nova protesta disfressada d'excusa.

—Ja et donaré un cop de mà si t'encalles amb alguna paraula —intervé en Sharif, que entén el pànic que s'apodera de la Nahid, alhora que assisteix, divertit, al seu neguit i als seus laments gairebé infantils.

—I si et trobes amb algun missatge que no entens o no saps com respondre, l'imprimeixes i el portes. Ja el contestarem un altre dia —afegeix la Selma per tranquil·litzar-la.

—Ai, no ho sé! No em sembla que sigui gaire bona idea... —la Nahid està plena de dubtes. Sap que, si vol, es pot negar a fer-ho. Però qui se n'ocuparia en lloc seu? Ningú. Demana auxili a la seva mare—: Què he de fer, mare?

—Ho has de decidir tu, filla. Ja saps que el teu pare i jo no t'hi obligarem. No et volem pressionar. Ja comences a fer-te gran i has de prendre les teves pròpies decisions.

Al final, la Nahid va decidir que sí, que ho faria. La responsabilitat l'aclaparava una mica, però alhora se sentia feliç. Aquella inicial espurna d'orgull li feia tot d'agradables pessigolles pel cos quan agafava l'autobús amb en Sharif per anar fins al centre de la ciutat i s'asseia davant l'ordinador al Club d'Internet. Cada vegada se'n sortia millor i necessitava menys l'ajuda d'en Sharif. A casa estudiava anglès de valent i va començar a assistir amb regularitat a les reunions del grup de dones.

—Estic bocabadat amb la rapidesa amb què n'aprens, Nahid. Aviat en sabràs tu més que jo, d'anglès, i seré jo qui t'haurà de consultar els dubtes —li deia en Sharif.

I la seva admiració era sincera.

La Nahid reia i es tornava una mica vermella sense saber ben bé per què.

Estimada Ariadna:

He arribat feta un sac de nervis al Club d'Internet, aclaparada per la tasca que m'han confiat, però he estat tota la tarda contestant *e-mails* i ja m'està passant una mica l'ensurt. La veritat és que no vaig tenir gaire opcions. En la nostra societat, la societat afganesa, fins i tot en l'àmbit familiar, les coses es fan en funció dels interessos del grup i les decisions es prenen entre tots. Per tant, tot i que també hauria pogut dir que no ho volia fer, vaig acceptar l'encàrrec. I me n'alegro, d'haver-ho fet. He deixat el teu *e-mail* per al final, per poder-te escriure amb calma, però el temps se'm tira al damunt i ja no et podré escriure tanta estona com hauria volgut.

Mil petons de la teva germana afganesa.

Estimada Nahid:

Enhorabona per la teva feina! ¿Veus com tinc raó d'estar tan orgullosa de tu?

¿Et vaig dir que estic fent un curset per treure'm el títol de monitora? Així podré treballar en una casa de colònies durant les vacances. Val a dir, però, que també he pensat que em podria buscar una feina per a tot el curs al menjador d'alguna escola del meu barri. No ho sé, ja ho veurem. El que en realitat et volia explicar és que en el curs he conegut un noi, en Dani, que és molt... simpàtic. Bé, més que simpàtic, em sembla fascinant. Té una manera absolutament sorprenent de veure les coses! S'expressa que fa goig d'escoltar-lo, amb arguments de pes, amb un domini i una lògica que convencen. Però el millor i més curiós és que tot el que diu és el mateix que jo penso i que a vegades no sé com explicar. Quan parla, és com si em tragués les paraules de la boca. I em sembla que jo també li caic bé. L'altre dia vam anar junts a una reunió que convocaven diferents entitats que volen crear una plataforma de suport a l'Afganistan. Ja et pots imaginar fins a quin punt m'interessa. I, per cert, la informació que em fas arribar, tan de primera mà, ens serà d'una gran utilitat! Aquí, al meu país, gairebé ningú no sap res.

Una abraçada molt gran i felicitats un altre cop.

La Basira pregunta de sobte:

—T'hi casaràs?

Les noies són al porxo. La Nahid encara estava rentant els plats del dinar quan ha arribat la seva amiga. És l'hora del dia en què fa més calor. No hi ha ningú més a casa. En Sharif se n'ha anat a classe; el pare de la Nahid i el seu germà petit són al basar; la seva mare és a l'escola i els avis, a casa uns parents que els han convidat a dinar. Els fills del germà petit del seu pare i els germanets de la Basira fan la migdiada ajaguts damunt la catifa. I les dues amigues jeuen recolzades en els coixins, mig endormiscades sota el ventilador. Malgrat les enrabiades de la Basira, si més no ara, en aquest moment en què es deixen vèncer per la mandra, tenen la sensació que tot torna a ser com abans, quan xerraven de les seves coses i s'ho explicaven tot. Com quan somiaven i fantasiejaven plegades.

—Amb qui? —pregunta la Nahid, sorpresa per aquella pregunta inesperada, que li fa alçar una mica el cap dels coixins per poder mirar la seva amiga.

—Amb qui vols que sigui? Amb en Sharif, el teu cosí! —replica l'altra tota riallera.

—Però quines bajanades dius, Basira! —exclama la Nahid amb excessiva vehemència.

La Basira deixa anar una rialleta.

—Si ell fos el meu cosí, no em faria res que m'hi casessin —diu llavors, somiadora.

—Basira, no siguis antiquada! Parles com si fossis del temps de la meva àvia Nadima, quan els matrimonis es pactaven entre les famílies, o una noia de qualsevol zona rural perduda.

—No fa pas tant que s'arreglaven així els matrimonis... I, com tu dius, a les zones rurals encara es fa. És el més habitual... I això d'aquí, ple de camps de refugiats i en la situació en què vivim, és el més semblant a l'aïllament en què viu la gent de les zones rurals.

La Nahid fa rodar el cos per damunt la catifa fins que queda enganxada a la Basira.

—Doncs sàpigues que els meus pares ja no es van casar així. Es van conèixer a la Universitat de Kabul.

—Però és que els teus pares també són d'una altra època. L'època, breu, de pau i relativa prosperitat que va tenir l'Afganistan —replica llavors la Basira en un to serè i reflexiu que la Nahid no li coneix.

—Basira, em sorprens... —exclama la Nahid mentre mira molt seriosa la seva amiga.

—Doncs no sé pas en quina universitat vols conèixer tu ningú per casar-t'hi —respon la noia tot fent broma perquè no té ganes de posar-se solemne—. Tret que no trobis el teu futur marit al Club d'Internet —afegeix amb certa mordacitat.

—Basira, no comencis —l'adverteix la Nahid, gairebé perduda en el mig son d'una migdiada xafogosa.

—Que no comenci què? —respon la Basira amb un posat de fingida innocència.

—No treguis el tema de l'Internet. Ja saps que cada vegada que ho fas acabem barallades. M'estimo més que parlem d'en Sharif... —afegeix la Nahid abaixant el to de veu.

La Basira s'incorpora d'un salt i, de quatre grapes damunt la catifa, enganxa el rostre al de la Nahid.

—Ho veus? T'agrada! Confessa que t'agrada! —hi insisteix enriolada.

—Calla, Basira, no cridis, que et pot sentir algú. —La Nahid s'afanya a interrompre aquell guirigall, redreçant-se i mirant a dreta i esquerra.

—Qui vols que em senti? Si no hi ha ningú! —continua cridant la Basira.

—Hi ha el teu germà, que és un bocamoll —s'enutja la Nahid.

—Però si dorm! —la Basira no es pot aguantar el riure. Es deixa caure al costat de la Nahid. Els seus caps es toquen i els cabells de l'una es barregen amb els de l'altra.

—És simpàtic —concedeix la Nahid al cap d'una estona.

—I és guapíssim! —afegeix la Basira.

—Em sembla que és a tu a qui agrada el meu cosí Sharif —replica la Nahid.

—I ara! Per a mi és com un germà gran, Nahid. A més, ni em passaria pel cap. Jo no sóc cosina seva com tu...

—És cert que en Sharif m'agrada, Basira, perquè és divertit, perquè em parla com si jo ja fos una persona gran, perquè no es riu de mi quan li pregunto coses que no sé.

—I quines coses li preguntes? —vol saber la Basira.

—Doncs, mira, si tant ho vols saber, sobretot coses d'anglès i de la història de l'Afganistan —replica la Nahid per picar-la. Els seus estudis d'anglès continuen sent entre elles motiu de fricció.

—No et pensis pas que em faràs enrabiar, Nahid —contesta la Basira, que la coneix molt bé i la veu venir—. Avui no. Fa massa calor.

Les noies badallen i callen una estona.

—T'hi casaries, Nahid? —torna a preguntar la Basira, ara sense riure—. I no em diguis que no t'ha passat mai pel cap perquè no m'ho creuré.

—No t'ho diré pas —respon la Nahid mentre acluca els ulls.

La Basira no sap exactament què és el que la Nahid li dirà: si es casaria amb el seu cosí o si no se li ha passat mai pel cap de fer-ho.

—Trobo que feu bona parella. I com que tots dos sabeu parlar anglès... —hi afegeix, burleta.

Però la Nahid ja s'ha quedat adormida.

Estimada Ariadna:

Avui no t'explicaré res de la història recent del meu país, ni de la situació de la meva gent als camps de refugiats, ni de l'antiga Pèrsia de la qual l'Afganistan formava part fa milers d'anys. Tampoc no et parlaré dels grans conqueridors, com Alexandre el Gran o Genguis Khan, ni dels moderns, als quals ni tan sols cal trepitjar els territoris que decideixen ocupar des d'un despatx, perquè en tenen prou amb les armes sofisticades i l'amenaça de la destrucció que poden escampar a gran escala des d'un ordinador.

M'he adonat d'una cosa i no goso parlar-ne amb ningú, ni tan sols amb la Basira, tot i que ha estat ella precisament qui, sense voler, m'ha obert els ulls. Però com que és tan infantil i tot s'ho pren en broma, sé que, si li ho comentés, després em sentiria incòmoda i em penediria d'haver-li-ho dit. Bé, suposo que ja et deus adonar que estic feta un embolic, en veure que t'escric i t'escric i no aconsegueixo encetar el tema.

Fa uns quants dies, la Basira, que estava de broma, em va preguntar sense embuts si m'agradava el meu cosí Sharif i si em casaria amb ell. Em vaig quedar de pedra, perquè ni m'havia passat pel cap. No era una pregunta estranya venint de la Basira, que sempre està pensant en l'aixovar que es farà per al dia que es casi i en els fills que tindrà, però la conversa que vam tenir em va fer rumiar i em va deixar una mica desconcertada. La veritat és que em poso molt contenta quan veig en Sharif arribar a casa cada vespre; que no gaudeixo tant dels dinars com dels sopars quan ell hi és; que el que més m'agrada d'anar al Club d'Internet són les llargues converses que tenim durant el camí. Em passen coses que no m'havien passat mai abans i, de sobte, em fa gairebé vergonya que em miri mentre parlem al porxo... i a vegades fins i tot li pregunto coses i li plantejo dubtes que podria resoldre sola o consultar a la Selma. La mare ens mira i somriu d'una manera enigmàtica, entre dolça i divertida, quan ens veu xerrar o quan sortim plegats de casa, però tampoc no goso confiar-li aquest embolic d'emocions que porto dins.

Bé, ja acabo. En Sharif m'està esperant per tornar a casa. I, mira, només de pensar-hi, em corre un formigueig per la panxa. Quines coses tan extraordinàries em passen! Petons.

Estimada Nahid:

No puc esperar fins a tenir una bona estona per posar-me a contestar el teu *e-mail*! I tu, també li agrades a ell? T'ha dit res? Explica-m'ho tot, Nahid!

Ah, gairebé me n'oblidava! ¿Em podries enviar informació sobre els refugiats? Aquí es comença a parlar de la vostra situació, però em temo que, com sempre, ningú no té ni idea del que diu.

Una abraçada molt, molt forta. I saluda en Sharif, la Basira i la teva família de part meva.

En veure entrar el seu pare al pati, que arriba del carrer, la Nahid pregunta:

—Estàs cansat, pare?

Ja és de nit. Un dia feiner qualsevol. Cada dia, en Farid marxa de casa de matinada i treballa tot el dia a la parada que té al basar. Però avui sembla abatut. Té el rostre desencaixat, el gest crispat.

—No, filla, no és cansament. És tristesa. —En Farid ha tardat uns instants a contestar, però la seva filla s'està fent gran i ha assumit responsabilitats que van més enllà del que li correspondria per l'edat i del que seria exigible en temps de pau. No veu cap motiu per amagar-li la veritat.

—Ha arribat alguna mala notícia de l'Afganistan? —pregunta esverada la mare de la Nahid, que surt de la cuina, on era preparant el sopar.

—No, no t'espantis —s'afanya a tranquil·litzar-la el seu home. Després es beu el got d'aigua fresca que li ofereix l'àvia Nadima i li dóna les gràcies amb un somriure i un moviment de cap, gairebé imperceptible. Sospira i torna a somriure en contemplar els rostres expectants de les dones de casa seva. Però el somriure no arriba als seus ulls de mel fosca. Fa petar la llengua i diu, per explicar-se—: Passa que avui m'he entretingut a comptar els pidolaires que han passat, millor dit, que s'han aturat a la meva parada del basar. Passar per davant n'han passat molts més... cent seixanta-vuit persones! Indigents. Pobres de solemnitat. La major part dones i criatures. Tots afganesos. Tots.

En Farid es frega els polsos i els ulls amb un gest de cansament.

La mare de la Nahid es mossega els llavis.

L'home entra al recinte que fa de bany. Una habitacioneta amb les parets de ciment, un desguàs a terra, com el que hi ha a la cuina, i una aixeta a la paret que serveix per omplir la galleda de plàstic que hi ha a sota. Es renta amb l'aigua de la galleda i una pastilla de sabó que hi ha en un prestatge tosc. L'aigua sabonosa cau a terra i s'escola cap al desguàs.

Mentrestant, la Nahid s'afanya a parar taula i, així que el seu pare es reuneix amb ells, amb els cabells mullats i una camisa neta, la tristesa només és en els seus ulls. El seu rostre ha recuperat la serenor i l'expressió afable de sempre. Somriu amb dolçor i fa broma amb els fills del seu germà petit, que és a Islamabad, la capital del Pakistan, solucionant assumptes burocràtics. S'asseu a l'estora del porxo a sopar amb la família, i els nens, que no l'han vist en tot el dia, se li enfilen per l'esquena i s'asseuen damunt dels seus genolls.

—Quant temps podrem resistir aquesta situació sense extingir-nos com a poble! —es demana sospirant després de sopar, quan la Nahid porta el te. Tots saben que pensa en els milers de pidolaires afganesos que pul·lulen pels mercats del Pakistan, en la misèria absoluta en què es veu obligada a viure la població afganesa, dins i fora del país.

—Tant com calgui —respon immediatament la seva dona, invulnerable al desànim.

En Farid la mira amb reconeixement, li dedica un somriure trist i pensatiu, fa que sí amb el cap.

—No vaig lluitar contra les tropes soviètiques durant tants anys per acabar veient com el nostre poble agonitza sense poder-se defensar, sotmès per un enemic invisible que ara té la carota del talibà, però que ja es va amagar abans rere els capitostos de les faccions fonamentalistes que van iniciar la destrucció de les nostres vides i van portar la desolació al país. —I afegeix—: El que és segur és mai més no tornaré a agafar una arma. Aquella guerra va ser un infern, però almenys l'enemic era visible: un exèrcit invasor. Ara no sabem sota quina de les seves innombrables màscares s'amaga l'enemic.

—Els talibans no són invisibles, pare —intervé la Nahid, que no acaba d'entendre les reflexions del seu pare i se sent una mica perduda.

—No, filla, tens raó. Com tampoc no ho són els integristes de l'Aliança del Nord. Són força reals. Dolorosament reals. Però no oblidis mai, Nahid, que tan sols són el braç executor: els botxins de l'Afganistan. Darrere d'ells hi ha els interessos de les grans potències. És una nova forma d'ingerència.

—El rei hauria de convocar una *Loia Jirga* —diu llavors l'avi Mahroof.

—El rei va ser derrocat fa molts anys, i des de llavors està exiliat a Itàlia —li recorda l'àvia Nadima. Mai no sap del cert si la ment del seu home vagareja per altres temps o està lúcida i en el present—. Ja no hi ha reis a l'Afganistan.

—Dona, ja sé que el rei és a l'estranger —replica el vell, alçant el cap amb dignitat.

I a la Nahid la sorprèn entreveure de sobte en ell l'home orgullós i ben plantat que va ser de jove i del qual l'àvia Nadima parla a vegades.

—Pare, el rei ja ha intentat moltes vegades reunir els representants elegits de tots els grups de població per tal que decideixin entre tots quin serà el futur del país i constituir un nou govern legitimat pel poble, però no ha trobat cap suport entre els països democràtics —recorda en Farid al seu pare.

—La *Loia Jirga* és la nostra única esperança —insisteix l'avi Mahroof—. El rei i la Gran Assemblea. Van ser ells qui, fa gairebé quaranta anys, van dotar l'Afganistan d'una constitució que garantia les nostres llibertats. Només ells poden restituir-nos els drets que vam aconseguir llavors. Qualsevol altre arranjament seria inacceptable.

—Això és cert, però a quina potència estrangera de les que donen suport als talibans o als assassins de l'Aliança del Nord els interessa que recuperem un govern estable, una constitució democràtica i els nostres drets de ciutadans? —pregunta en Farid.

—A les Nacions Unides els hauria d'importar —intervé la Nahid—. L'ONU és un òrgan independent.

En Farid mira la seva filla amb certa condescendència.

—Sí, li hauria d'importar.

—No siguis ingènua, Nahid! —exclama la seva mare amb certa impaciència—. L'Organització de les Nacions Unides depèn d'aquestes mateixes potències i les seves decisions poden ser vetades i esborrades d'un cop de ploma pel vot de qualsevol dels poderosos.

La Nahid abaixa els ulls.

—Perdona, estimada —s'afanya a disculpar-se la Farzana mentre li agafa la mà i la hi estreny—. És que em treu de polleguera que, existint com existeixen els organismes necessaris perquè aquestes coses no passin en cap racó del món, en realitat no funcionin per allò que van ser creats en el seu moment gràcies a la bona voluntat d'uns quants.

—Què està estudiant, aquesta nena? —pregunta de sobte l'avi Mahroof assenyalant la Nahid amb un cop de cap.

L'àvia Nadima sospira. La ment del vell ha tornat a fer un salt al buit. S'alça i l'agafa pel braç:

—Vés a dormir, Mahroof, és molt tard i demà t'has de llevar d'hora.

—Tots els meus fills van estudiar! —remuga el vell—. I les meves filles! I això que jo era un home del camp, un pastor sense cap mena d'instrucció. Però els meus fills i les meves filles van estudiar. Em va costar prou esforços, però van estudiar. Aquesta nena hauria d'estudiar o, si més no, aprendre un ofici.

Estimada Ariadna:

Com vols que em digui res en Sharif! D'acord amb els nostres costums, si ell s'hagués fixat en mi, el que seria correcte és que el seu pare o algun membre venerable de la seva família vingués a casa meva a comunicar als meus el seu interès. La bona educació i la nostra tradició exigeixen que, davant un primer requeriment, la família de la noia, és a dir, la meva, en aquest cas, respongui amb una negativa. El pas següent seria enviar a casa de la família del noi una cistella de llaminadures, per tal que no es desanimessin i insistissin. Mentrestant, les dones de casa meva discutirien els avantatges i els inconvenients d'aquesta unió, parlarien amb mi... Bé, aquí els costums són molt diferents dels que teniu al vostre país i, tot i que aquestes cerimònies serien més aviat simbòliques en el cas de la meva família, aquest és el «protocol» que es continua respectant.

Et vull dir amb això que ni ell ni jo direm res.

Seria molt penós. A més, pensa que estem vivint a la mateixa casa!

En el teu *e-mail* en demanaves informació sobre un tema molt concret. Te'n faig un resum. Espero que et serveixi:

Els afganesos som la població més gran de refugiats que hi ha al món. Gairebé una quarta part dels habitants del meu país s'ha vist forçada a viure fora de les fronteres establertes del nostre territori. La gran majoria ho fem en camps de refugiats aquí, al Pakistan, o a l'Iran, ben a prop de la frontera del nostre estimat Afganistan. Vivim miserablement. Anem tirant com podem, entretenint el desig de tornar amb la preocupació del present que no ens permet gaire més que l'obsessió de sobreviure a la fam i l'enyor.

Els refugiats més recents, els que han arribat en els darrers sis o set anys, són els més desvalguts. Pobres entre els pobres. Els que ni tan sols no han estat acollits als camps. Els que recorren els suburbis i els carrers de les ciutats pakistaneses demanant almoina. Els que remenen les escombraries. Els que moren víctimes de la fam, del fred, de la desesperació, de les malalties, de l'abandó. A milers.

Ningú, ni l'ACNUR (l'Alta Comissaria de les Nacions Unides per als Refugiats) no els atén. El que fa és destinar tots els diners a programes de repatriació voluntària. Com si algú pogués tornar voluntàriament a l'Afganistan sota el règim talibà, del qual han aconseguit fugir! A més, el govern del Pakistan no permet que es doni auxili als refugiats. Vol desfer-se de nosaltres i obligar-nos a tornar.

Quan vaig arribar aquí amb la meva família, fa gairebé deu anys, vam haver de començar de zero. Els parents que hi teníem ens van donar un cop de mà, perquè així ho diu la nostra tradició i perquè així els ho demanava el cor, tot i que ells també havien de mirar per la seva pròpia supervivència. Alguns, com el meu pare, tenen un mitjà de vida digne, per bé que els afganesos de Peshawar no exerceixen precisament les professions més brillants: són comerciants, conductors de camions, dones de la neteja, treballadors a preu fet a les fàbriques pakistaneses de totxanes. Molts eren camperols o pastors i no tenen grans coneixements acadèmics o formació en algun ofici. Però entre ells també hi ha molts homes i dones que a les ciutats de l'Afganistan exercien les professions per a les quals s'havien preparat: metges, mestres, jutges, professors d'universitat, escriptors, economistes, enginyers, periodistes... Ells també pidolen o treballen a les fàbriques o als basars.

A tots plegats només ens manté l'esperança de poder tornar a l'Afganistan quan hagi passat aquesta negra nit.

Si vols saber més coses, ja saps que només m'ho has de dir. Saluda la teva família. I per a tu, una abraçada i un munt de petons.

L'àvia Nadima, alçant les mans al cap en obrir la porta del pati que dóna al carrer i veure el noi al llindar, exclama:

—Sharif! Què t'ha passat?

En Sharif torna de Kabul, on ha anat a visitar la seva família. Des que s'ha instal·lat a casa la Farzana, la germana del seu pare, no havia trobat el moment de tornar a l'Afganistan. Els estudis i la feina al basar li ocupen tot el temps.

L'àvia Nadima s'ha esverat en veure'l, perquè en Sharif duu un ull de vellut i el cap rapat.

—No és res —diu el noi mentre es passa la mà pel clatell i reprimeix una esgarrifança—. Es veu que duia els cabells massa llargs i una patrulla de talibans em va aturar pel carrer. Em van pegar i em van afaitar el cap —explica a la vella amb indiferència fingida, mentre entra al pati. Es treu les sabates, que deixa al costat de les de la resta de la família, abans de trepitjar l'estora.

—A quins extrems estem arribant! On vas a parar! —remuga l'àvia Nadima mentre tanca la porta de ferro que els aïlla del carrer.

Al vespre, després de sopar, mentre tota la família

seu al porxo i pren una tassa rere una altra de te verd ben ensucrat, en Sharif els dóna records i notícies dels amics i els parents de Kabul, i els explica com van les coses a l'interior del país.

—Els talibans obliguen tots els homes a anar a la mesquita, cinc cops al dia, quan el mul·là crida a l'oració des de tots els minarets de la ciutat.

—Què dius ara, noi? —se sorprèn l'avi Mahroof.

—Li asseguro que és tal com li dic. A més, passen llista i, si no hi has anat, et van a buscar a casa i t'imposen una sanció.

—I com s'ho fan els homes que treballen? —pregunta l'avi de la Nahid amb certa indignació—. Com recuperarem l'economia i reconstruirem el país si els pocs que treballen són obligats a passar-se el dia resant?

En Sharif fa anar el cap:

—No tenen cap altra opció. Han d'interrompre el que estiguin fent o tancar el negoci cada vegada que el mul·là convoca els fidels. Als talibans tant se'ls en dóna l'economia del país o la seva reconstrucció.

—Això serà la ruïna de la nació! —exclama el vell.

—L'Afganistan ja fa anys que és un país arruïnat, pare —li contesta en Farid amb tristesa.

—On s'és vist res de semblant! —continua protestant l'avi Mahroof, ignorant el comentari del seu fill.

—Ara com ara, a l'Afganistan, sota el règim talibà —replica en Sharif amb un punt d'ironia i un somriure esbiaixat.

—Ni la nostra religió no respecten, aquesta banda de fanàtics armats! —l'avi de la Nahid, que és un bon musulmà, que resa cada dia i viu d'acord amb els principis de la seva fe, no pot entendre aquell seguit de disbarats que cometen els talibans en nom de l'islam.

—Pare, no t'esveris, que després passes mala nit —torna a intervenir el pare de la Nahid—. No et facis mala sang. Ja ho sabem que els talibans això de la religió i la llei islàmica només ho utilitzen quan els convé i ho perverteixen tant com poden. Utilitzen l'islam com una tapadora dels seus abusos, però tots sabem que no els empeny l'amor per la nostra religió, sinó l'odi pel nostre país, l'ambició i el desig de poder.

—A Occident també hi ha hagut guerres en nom de la religió. I es veu que també torturaven i mataven gent per tal de salvar les seves ànimes i convertir-los en bons cristians —diu llavors la Nahid.

—Sí, però d'això fa molts segles, filla —li respon la seva mare—. A aquestes alçades de la història, no hauríem d'estar en una època obscura, dominada per la por i la superstició.

—El fanatisme i el fonamentalisme no són exclusius de cap poble ni de cap època. Es donen arreu. Fins i tot a Occident i en el present, en governs i països que es consideren democràtics i laics —puntualitza en Sharif sense ressentiment.

Estimada Ariadna:

He estat rumiant força per mirar d'entendre què passa al món i, en concret, al meu país, i he arribat a la conclusió que tot el que està passant a l'Afganistan en les darreres dècades és fruit de la por. L'Imperi rus, aquella Rússia dels tsars, anterior a la Revolució, i l'Imperi britànic es tenien por l'un a l'altre, com s'han tingut por després l'Imperi soviètic i l'Imperi dels Estats Units durant tots els anys que va durar la guerra freda.

La por de les potències resulta fins i tot comprensible si l'objectiu és el poder o l'obtenció d'algun benefici econòmic. Fins i tot les persones més corrents reaccionen amb la violència si el que està en joc és la seva petita parcel·la de poder o les quatre gallines del seu pati: por de perdre els territoris, por de perdre la supremacia ideològica o la font de riquesa. El que ara mou les grans potències que són partícips de la nostra destrucció és la mateixa por. La por dels qui mai no en tenen prou, dels qui es volen menjar tot el pastís sense que els amoïni gens que el pastís no sigui seu. Res no els atura quan els devora la golafreria. Ens sacrificaran a tots. Com ja han sacrificat a altres en altres indrets del món. Aquí han creat els talibans i ens els han tirat al damunt com gossos entrenats per matar.

I el món calla, oblidant que qui calla es fa còmplice d'allò que no denuncia, i més encara si es beneficia del botí que s'obté del saqueig. El que més em dol i el que em fa sentir més impotent és que tot això es decideix en despatxos, oficines i passadissos: qui viurà i qui morirà; qui manarà i qui serà destituït en el teatre de titelles del món; qui rebrà armes i qui no; quins delictes i quins delinqüents seran perseguits i quins es protegirà.

Feina de despatx. En les altes esferes.

Mentrestant, la gent del carrer no en sap res. O potser tampoc no ho vol saber.

Em sap greu, Ariadna; avui tinc el dia filosòfic, i a més, una mica pessimista. Lamento haverme desfogat precisament amb tu, que tens interès a saber la veritat i difondre-la. T'estimo.

La Nahid es decideix a preguntar a la seva amiga, que no ha badat boca en tota la tarda:

—Basira, què tens?

—Jo? Res —respon, seca, la Basira.

La Nahid sospira. Fa dies que la seva amiga torna a estar esquerpa amb ella. Però no li diu res. No li fa retrets com quan va començar a estudiar anglès i a atendre la correspondència a Internet. La Basira es limita a callar. Ni tan sols mira de provocar-la per tenir una baralla amb ella.

—A mi no em pots enganyar, Basira. Ens coneixem de tota la vida i mai no t'havia vist tan sorruda i tan distant com et veig aquestes darreres setmanes.

—Això tu, noia —replica la Basira en un to amarg—.

—Basira, si us plau! —exclama la Nahid, sempre partidària d'aclarir al més aviat possible els malentesos parlant, discutint si cal.

—Ets tu qui està tot el dia amunt i avall. Quan no ets a l'escola d'aquestes amigues de la teva mare, ets al Club d'Internet o has d'anar a fer algun encàrrec que t'hagin encolomat les dones del grup.

—No siguis injusta, Basira, els dono un cop de mà de tant en tant, però...

—I, a més, et passes el dia parlant de l'Ariadna. L'Ariadna això, l'Ariadna allò... Ara que tens una altra amiga, a mi ja no em dirigeixes la paraula. —La veu li tremola, a la Basira. Se sent una mica ridícula i molt infantil, però ja està, ja ho ha dit.

—Això no és veritat, Basira, i tu ho saps! —contesta la Nahid, tot i que la resposta de l'amiga l'ha deixada força desconcertada.

—I tant que sí! Ara mai no tens temps per estar amb mi o per sortir a passejar plegades fins al basar.

La Basira ha abandonat l'actitud agressiva i el to bel·licós amb què ha encetat la conversa. Està trista. La Nahid sospira i li passa un braç per damunt les espatlles.

—Basira, no sé què dir-te. —La Nahid mira de triar bé les paraules, no vol ofendre la seva amiga, amb qui li agradaria compartir les seves noves inquietuds i activitats—. A mi també em dol que tothora em retreguis el mateix: que no et faig cas, que no estic per tu, que ja no faig tantes coses amb tu com abans. Véns a casa i...

—Si et faig nosa, no pateixis, que no vindré més. ¿És això el que vols, Nahid? —salta a l'acte la noia, encara més dolguda.

—No —respon l'amiga, mirant de no perdre els nervis—. I tampoc no vull que capgiris el que dic. Tu voldries que ho deixés tot de banda i m'estigués amb tu al porxo, brodant tota la tarda.

—Abans ho fèiem. Xerràvem i rèiem. I a tu també t'agradava —la veu de la Basira amaga una súplica implícita.

—Sí, abans ho fèiem. —La Nahid procura no ser excessivament dura amb la seva amiga, però li sembla que ha arribat el moment de parlar sense embuts—. No teníem res més a fer, Basira; era una manera d'entretenir-nos, de passar l'estona.

—No és cert. Jo ajudo la meva mare a fer els encàrrecs que rep del majorista pakistanès —protesta l'altra, que està a punt de posar-se a plorar.

—D'acord, per a tu és una feina —sospira la Nahid, condescendent—. Per a mi, no. I, a més, abans encara érem nenes petites, no podíem fer gran cosa més. Però ara jo vull fer altres coses, m'interessen altres temes, treballar per un objectiu que em sembli més interessant que matar el temps o preparar un aixovar. Et confesso que em fa malícia veure la cara de pomes agres que fas cada vegada que poso la tele per practicar l'anglès o que escric en la llibreta els exercicis que la Selma em prepara. Em dol que no entenguis que no puc quedar-me de braços plegats quan hi ha tanta feina per fer.

—Però...

La Nahid ha agafat embranzida i no està disposada a permetre que la seva amiga la interrompi.

—Som afganeses, Basira! Ens han arravatat el nostre país i ens han pres tots els drets. Si nosaltres no mirem de millorar les coses, qui ho farà?

La Basira la mira amb els seus ulls preciosos oberts com unes taronges.

—Això... Em sembla que això ho hauria de fer la gent gran, els nostres pares... —quequeja, més desconcertada que espantada.

—Nosaltres també som grans —respon la Nahid amb contundència, però sense alterar-se.

La Basira no reconeixia l'amiga.

Un parell de mesos enrere, la Nahid no parlava d'aquella manera. Potser sí que la Nahid s'havia fet gran de cop i volta i ella, la Basira, continuava sent una mocosa amb una mentalitat de criatura, amb actituds de nena petita. Però fos com fos, per damunt de tot, per damunt i tot d'aquell sentiment de soledat que li feia tant de mal, d'aquella gelosia que tenia fins i tot de l'ordinador amb què la seva amiga es comunicava amb el món, hi havia la por.

La por de sempre.

El fet és que la Basira es mor de por pel que pugui passar a la seva amiga. Si bé és cert que no viuen a l'Afganistan, també ho és que els talibans tenen els dits molt llargs, sobretot allà, al Pakistan, donat que el seu govern n'és el principal aliat. I encara més a Peshawar, on els talibans tenen també els seus seguidors entre els grups més fonamentalistes, els mul·làs i els alumnes de les madrasses pakistaneses.

I la Basira pateix.

Pateix com ningú no es pot imaginar i en silenci.

Tot el que fa la Nahid li sembla massa perillós. Però, d'altra banda, mentre tremola de por, a la Basira li agradaria ser tan valenta com la Nahid!

Però no ho és. I està feta un embolic.

Estimada germana meva, estimada Nahid:

Des que et conec, m'he adonat, de mica en mica, fins a quin punt moltes de les meves amigues, o fins i tot jo mateixa, som unes frívoles i unes superficials. Tenim tot el que volem i no ens aturem a pensar en res, almenys no d'una manera profunda, que ens faci canviar i plantejar-nos les coses d'una altra manera. Els problemes que tenim i que fan que ens ofeguem en un got d'aigua, són ridículs, per partir-se de riure, i no tenim ni idea de les dificultats que pateixen altres persones.

O, pitjor encara, ni tan sols no ens interessen.

En conec alguna, d'amiga, que si veiés un burca seria incapaç d'imaginar-se l'horror de viure sota una presó així, i més d'una persona m'ha comentat que vosaltres ja hi deveu estar acostumades —agafa't!—, perquè sou musulmanes! I en la seva ignorància, molta gent està convençuda que la situació en què us trobeu forma part de la vostra tradició. Imagina't! I fins i tot et podria parlar d'alguna altra que conec que només es fixaria en la tela i els brodats i ho trobaria d'allò més exòtic.

La veritat és que estic trobant gent que confon tant les coses, que fins i tot defensa el vostre «dret» a dur el burca i a conservar els vostres costums!

Nahid, si us plau, digues-me si tenen raó. No voldria ser una prepotent occidental més que pretén imposar els texans i les samarretes de tirants a la resta del món.

Estimada Ariadna:

Digues a la teva gent que el burca s'ha convertit en el símbol de l'opressió més terrible que es pugui imaginar, sobretot perquè no tens opció. No pots triar dur-lo o no dur-lo. Si no el fas servir, fins i tot et poden matar. Ells, els talibans, diuen que és per protegir-nos, però no és cert. En obligar-nos a posar-nos-el, ens esborren dels carrers, ens fan invisibles, ens converteixen en fantasmes... ens redueixen al no-res.

I, a més, ho fan en nom de déu, de l'Alcorà i de la nostra religió. Però això tampoc no és veritat. És una mentida terrible.

Tot i això, no oblidis que l'obligació de dur el burca no és la pitjor cosa que hem de suportar si ho compares amb tots els drets que es neguen a les dones a l'Afganistan, com ara el dret al treball, a l'ensenyament o a l'assistència mèdica. A més, pot resultar perjudicial per a nosaltres que des de fora tota l'opressió que patim sigui reduïda a l'obligació de fer servir el burca, perquè llavors qualsevol salvatge fonamentalista com Massud o la resta de capitostos de l'Aliança del Nord que arribés al poder en tindria prou, per guanyar-se l'opinió pública mundial, deixant-nos sortir al carrer amb la cara descoberta i no hauria de canviar res més: s'hauria solucionat el problema de la dona afganesa. I no seria veritat. Explica-ho així a la teva gent. Volem recuperar els nostres drets i llibertats. I, si alguna dona desitja lliurement posar-se el burca, que ho faci. El que volem és poder triar. En tots els àmbits.

Mil petons de la teva germana afganesa.

Estimada Nahid:

L'altre dia vaig voler saber què se sent quan s'ha de viure amb algunes de les restriccions que us imposen els talibans. Vaig fer com si d'un dia per l'altre a mi també em fos prohibit tot allò que és divertit i les coses més quotidianes que faig sempre sense ni tan sols adonar-me'n. Vaig demanar a la meva germana petita que em vigilés. Ja t'he comentat alguna vegada com n'és, de burra, la Sònia. És una poca-solta i es pensa que ja és molt gran perquè la mare li ha comprat uns sostenidors i li ha vingut la regla per primera vegada. Va acceptar encantada, és clar, perquè, quan li vaig explicar de què es tractava, de seguida va veure clar que em podria fer la guitza tot el dia.

Així que em vaig llevar, em vaig tirar pel cap un llençol vell que em tapés de cap a peus. Cada vegada que alçava la veu, la meva adorable germaneta em donava un cop de colze i m'escridassava si reia per alguna cosa. Perquè reconec que al principi em feia riure entrebancar-me i topar amb els mobles, sota el meu burca improvisat. No vaig veure la tele en tot el dia, ni vaig agafar el telèfon quan em va trucar en Dani. I quan, ja avorrida, vaig anar per posar un CD a la minicadena per almenys sentir música, la meva germana, molt en el seu paper de talibana, em va prendre tots els discos i el cable i em va picar els dits quan vaig voler agafar un llibre per llegir una estona.

T'asseguro que a la tarda ja no podia més. Vaig demanar al meu germà que m'acompanyés a fer un volt pel carrer, però no va voler. Em va dir que m'havia tornat boja. La veritat és que vaig passar el pitjor dia de la meva vida. I això que sabia que l'endemà podria tornar a fer el que volgués.

Nahid, estimada meva, cada dia em sento més unida a tu i al teu país. Una abraçada i molts petons.

La Nahid regira les quatre coses que hi ha a l'habitació dels pares i pregunta:

—Mare, on és el burca?

—Has mirat si és penjat rere la porta, menuda? —respon l'àvia Nadima en lloc de la mare.

Tot i que es podien considerar uns privilegiats, perquè podien viure en una casa en lloc d'haver de viure en qualsevol solar abandonat de la ciutat, sota un cobert fet de plàstic i draps, com havien de viure milers de refugiats afganesos al Pakistan, a casa la Nahid, tret de les catifes, les estores i els coixins, de la nevera petita del porxo, el fogó amb la bombona petita de gas, dues olles i un grapat de plats i gots, no hi havia mobles: ni taula, ni cadires, ni llits, ni armaris i penjaven la roba en uns claus clavats a la paret.

La Nahid va mirar rere la porta. Sí, penjat en un ganxo, hi havia el burca. El burca que fa servir la seva mare quan va a l'Afganistan per passar un parell de dies amb la seva família, que continua vivint sota el règim talibà o per visitar les dones que treballen en la xarxa clandestina.

La Nahid necessitava el burca perquè l'endemà se n'anava a l'Afganistan.

—Vull tornar a l'Afganistan. Vull anar a Kabul, la ciutat on vaig néixer —havia dit de sobte un dia mentre sopava amb els seus al porxo de la seva casa de Peshawar.

Ningú no havia dit res. El silenci va embolcallar la nit com un turbant i la lluna es va quedar muda.

En Sharif havia alçat el cap com si un escorpí dels que corren de tant en tant pel pati li hagués clavat l'agulló o com si hagués sentit el primer un tro d'una gran tempesta precursora del monsó. Se l'havia mirada un instant, amb uns ulls diferents. Però, torbat per primera vegada en contemplar la seva cosina Nahid, de seguida havia acotat el cap.

—Gairebé no em recordo de com era res. —Havia continuat dient la noia, ignorant de manera conscient la reacció d'estupor general que afectava tota la família—. M'agradaria passar pel carrer on vivíem, recórrer la ciutat, anar fins al llac o tornar a entrar al zoo.

En Farid, el seu pare, s'havia escurat la gola i havia començat dient, amb la veu ronca:

—Nahid, d'aquell Kabul que vas conèixer poca cosa en queda. El barri on vivíem, el nostre carrer, tot és un munt de runa. Casa nostra ja no existeix. I no crec que ni acompanyada, sent una dona, et deixin entrar al zoo. A part que tampoc no hi queda res digne de ser vist —va mirar de fer broma.

—Pare, deixeu-m'hi anar, ni que sigui un sol dia! Jo era tan petita quan vam fugir de Kabul que el record se m'esborra, mentre que la nostàlgia del meu país es fa cada dia més gran.

El seu desig era tan vehement que va trobar ressò en els cors de tots els presents, on s'amagava també aquella mateixa nostàlgia.

—Hi ha tanta destrucció pertot arreu, filla... Tindràs una decepció —va sospirar la seva mare, incapaç d'esgrimir arguments assenyats que dissuadissin la seva filla.

—Vull tornar a l'Afganistan, ni que sigui unes hores. Sé que hi regna la destrucció, sé que només hi regna l'horror talibà que encara està ensorrant més el país en la misèria, però vull veure les muntanyes i el riu, el desert i el verd.

—T'has fet gran, Nahid —va dir el pare, mentre li acariciava els cabells amb tendresa—. Ets una dona afganesa i em sembla que tens dret a tenir el que demanes. Hi aniràs així que es presenti una oportunitat.

—La Selma i el seu home hi han d'anar la setmana que ve a dur medicaments —va dir llavors la Farzana, amb la seguretat serena de sempre—. Segur que no els farà res que els hi acompanyis si decidim que hi vagis. Però els haurem de preguntar si et volen dur amb ells.

—La Selma? —va riure l'àvia Nadima—. Estarà encantada d'endur-se la nena!

—La Selma ja es troba bé? —va preguntar llavors en Farid.

—De fet, no —va respondre una mica amoïnada la mare de la Nahid—, però es troba una mica millor des que la Nahid ens ajuda i ens podem repartir més la feina. No m'agrada que hagi de fer aquest viatge tan llarg, però ella insisteix que es troba bé i ja saps com n'és, de tossuda.

—La Selma és una dona forta —havia comentat llavors l'àvia Nadima—. Se n'alegrarà molt de saber que la Nahid l'acompanyarà en el seu pròxim viatge. El que m'estranya és que no li ho hagi proposat ella mateixa molt abans.

—Ningú no m'ho ha proposat, àvia —respon la Nahid molt seriosa—. Ha estat cosa meva, ho he decidit jo sola.

—Ja ho sabem, Nahid. Això és precisament el que ens emociona a tots, filla —la tranquil·litza la seva mare.

—I el que ens fa sentir tan orgullosos de tu —va afegir llavors el seu pare amb els ulls brillants.

El pas fronterer era tot just un formiguer de gent. La Nahid, la Selma i el seu home van travessar la frontera a peu, entre molts altres homes i dones afganesos.

Elles, totes tapades amb el burca.

Ells, tots amb barba i turbant, vestits a la manera tradicional.

Tal com ordenaven els talibans.

Dins d'un farcell duien una olleta amb el dinar. El viatge fins a Kabul durava gairebé tot el dia, malgrat que la ciutat no quedava ni a dos-cents quilòmetres de distància. Però la carretera estava tan bombardejada i feta miques que era impossible a cap vehicle fer el recorregut en menys temps.

A l'altra banda de la frontera, ja a l'Afganistan, s'arrenglaraven tota mena de vehicles que esperaven tots aquells que travessaven a peu per oferir-los els seus serveis. Segons la destinació, es pactava el preu. El marit de la Selma va parlar amb uns i altres, va regatejar i discutir, mentre elles s'esperaven en silenci, ocultes sota el burca, en un costat del camí. Per fi van aconseguir lloc en una camioneta. Així que el conductor la va tenir plena de viatgers que anaven a Kabul, es van posar en marxa.

La Nahid, sota el burca, va ocupar un seient vora una de les finestres. Pels foradets de la reixeta que tenia davant dels ulls i que era l'únic accés a l'exterior que li permetia aquell vel imposat que la cobria de cap a peus, la noia contemplava amb avidesa els paisatges i les despulles del seu país: les extensions desèrtiques, el riu blavíssim, les muntanyes negres i agrestes o gairebé blanques, de roca viva; les piles de pedres a la carretera que indicaven els llocs on hi havia mines localitzades i que els conductors havien d'esquivar; les restes de ferralla de tancs i vehicles bèl·lics; els controls talibans amb la seva bandera blanca, que els van deixar passar sense impediments; els homes i les criatures famèliques que, proveïts d'una pala, miraven d'omplir els cràters que havien deixat les bombes a l'asfalt per tal de guanyar-se una propina dels conductors; el trànsit increïble de camions, en tots dos sentits, que s'enduien al Pakistan el poc que quedava de l'Afganistan: els troncs dels seus arbres mil·lenaris i, evidentment, tot l'opi que enriquia els talibans, mentre cap a l'interior del país viatjaven les armes que alimentaven aquella guerra sens fi.

I arreu on mirés, la destrucció.

La desolació.

L'Afganistan era vertaderament un país arrasat.

I la Nahid va haver de fer un gran esforç per empassar-se les llàgrimes. Ni amagada sota el burca es volia permetre de plorar.

—Plorar no serveix de res —havia sentit dir a la mare

més d'una vegada. L'àvia Nadima també ho deia. I la Selma. I totes les dones que havien decidit treballar, que havien triat passar a l'acció en lloc de suïcidar-se o morir de desesperació en qualsevol racó.

La Nahid no havia arribat a entendre mai aquella obstinació de negar-se el petit consol de plorar. Només ho va comprendre llavors, durant aquell primer viatge a l'Afganistan: les altres dones tenien raó, perquè la Nahid es va adonar que hauria hagut de plorar tant per l'Afganistan i per la seva gent torturada pels talibans i pels fonamentalistes de l'Aliança del Nord, que ni plorant tota la vida hauria tingut prou llàgrimes. Ni temps per fer cap altra cosa.

Va ser llavors, durant les llargues hores que va durar el viatge fins a Kabul, sacsejada pels sotracs, ofegada de calor, omplint-se els ulls de la bellesa agresta del seu país, que la Nahid va decidir, com una dona afganesa més, que en els seus dies no hi hauria un racó per a les llàgrimes, que calia dedicar el temps i les energies a fer feina, a lluitar per tirar endavant. No sols per sobreviure, sinó per recuperar i conservar la dignitat de persones que els botxins de l'Afganistan els volien arrabassar. Els havien arrabassat.

—Et sembla que vam fer bé deixant que el nostre fil se n'anés a Europa?

Encara no s'ha fet de dia, però en Farid, el pare de la Nahid, ja s'ha rentat i vestit. D'aquí a una estona marxarà cap a la feina. Però ha dormit malament. S'ha despertat unes quantes vegades, neguitós. I ha estat donant voltes a moltes coses en el seu cap mentre el seu cos donava voltes damunt la catifa.

La mare de la Nahid està endreçant l'habitació. Plega els llençols amb què cada nit cobreix les estores on dormen i els desa en un prestatge d'obra, a la paret, rere la cortina que protegeix de la pols de Peshawar la roba neta i planxada. Després espolsa els coixins i els arrenglera damunt la catifa, contra la paret. L'habitació queda llavors a punt per a la vida que s'hi fa de dia. Més tard, l'àvia Nadima, la Nahid o ella mateixa escombraran la catifa amb el manyoc de branques.

—Era una oportunitat única, Farid —contesta al seu marit amb cautela, perquè sap quin és el temor que l'angoixa—. La beca li permetrà estudiar, preparar-se per al futur. Quan aquest horror acabi, ens caldrà gent preparada per aixecar el país —afegeix per tranquil·litzar-lo.

—Penses que tornarà? —pregunta l'home per fi, mirant la seva dona directament als ulls.

—No ho sé, Farid —respon ella en veu baixa, sense apartar la mirada—. És el risc que correm cada vegada que la nostra gent marxa lluny.

La Farzana s'acosta una altra vegada a la cortina de roba, clavada a la paret amb uns claus, que fa d'armari. Agafa del prestatge un dels seus conjunts i una muda neta abans d'apagar el llum i anar cap al bany. La vestimenta de les dones afganeses, ara que cap d'elles —ni tan sols les que viuen a Peshawar— no es vesteix segons la moda occidental, es compon d'uns pantalons molt amples i un vestit llarg, de la mateixa roba, obert pels costats, de màniga ampla i escot tancat. Els colors i l'estampat del cotó són discrets i menys llampants que els que fan servir les dones pakistaneses.

—¿Te'n recordes, de la família que vivia en aquesta casa? —diu llavors el pare de la Nahid, que pel que sembla encara no ha donat per acabada la conversa. Fa un gest ampli amb els braços, com si volgués encabir-hi el pati i les parets de la casa.

—Sí —respon la seva dona, abraçada a la roba.

—Volien marxar. —En Farid s'acosta a la porta i parla d'esquena a la Farzana, la mirada perduda en la foscor del pati—. Marxar tan lluny de l'Afganistan com fos possible. Refer la seva vida a Occident. Oblidar els seus orígens i el seu passat. —Sospira i es gira. La seva silueta es perfila en el forat de la porta, ara que es comença a fer de dia—. Em sembla del tot lícit, em sembla comprensible. Només vivim una vegada...

—Sí, però per això mateix també es podria dir que

només podem estimar l'Afganistan i la nostra gent una sola vegada —respon immediatament la Farzana—. I és clar que és comprensible que hi hagi qui vulgui viure en pau i miri d'aconseguir certa prosperitat, però els afganesos estem sols, Farid. Si ni tan sols nosaltres no lluitem per l'Afganistan, qui ho farà?

—Vaig jurar que mai més no tornaria a agafar una arma quan les tropes soviètiques es van retirar —recorda l'home en veu alta, perdut en els seus pensaments.

—Les úniques armes útils són l'educació i la cultura. Crear escoles, sembrar llavors per a demà. No vull jutjar aquells que han marxat. Cadascú té els seus motius i en això resideix la meravella de la llibertat, però no puc deixar de pensar que han girat l'esquena al seu país. Entenc el seu desig de viure en pau, de donar un futur als seus fills, lluny de la guerra i de la misèria, de la incertesa i de l'opressió, però jo no podria ser feliç lluny de l'Afganistan.

—Saps que estic d'acord amb tu, però, ¿no penses a vegades que, malgrat el nostre afany, tot el que fem amb tant d'esforç, amb tant de sacrifici, és com una gota que cau en el desert?

—Gota a gota es fa un riu —respon amb un somriure la mare de la Nahid, citant una dita afganesa.

—Ets una dona admirable! —El pare de la Nahid ara també somriu. El moment de defalliment ja ha passat—. Estic orgullós de tot el que estàs fent.

—Ho fem entre tots, Farid. I espero que el teu fill tingui prou criteri per tornar a donar-nos un cop de mà quan acabi els estudis —respon la dona, plena d'energia.

—I si no tornés?

La Farzana sospira i rumia durant uns instants.

—Em sabria molt greu que un fill meu girés l'esquena a la seva gent en els moments de més necessitat. Però crec que cadascú ha de prendre les seves pròpies decisions. Aquesta és, t'ho torno a dir, la grandesa de la llibertat.

En Farid fa que sí i no diu res més.

L'avi Mahroof arriba del carrer arrossegant els peus. Dins una bossa de plàstic porta el pa acabat de coure, encara és calent.

La Farzana, abans de tancar-se al bany, s'acosta a la cuina. Serveix una tassa de te al vell. Després s'acosta a en Farid, encara dret al llindar de l'habitació, i li posa una tassa de te en una mà i un tros de pa a l'altra. En Farid li ho agraeix amb un somriure i es queda allà mateix, esmorzant, mentre contempla al pati la claror canviant del nou dia que comença.

—No et pots ni imaginar com va ser de terrible, Basira —repeteix la Nahid, que encara s'esborrona només de recordar el que ha vist. Ja fa un parell de dies que ha tornat de Kabul, però encara no s'havia vist capaç d'explicar a la seva amiga l'horror que havia presenciat. Primer ho volia pair.

Tot havia anat bé fins que va passar el que va passar. Durant el dia, després de la seva arribada a la ciutat, havien pogut avançar força feina. Com que les dones no podien anar soles pel carrer, el marit de la Selma havia hagut d'acompanyar-les per tal que poguessin visitar algunes de les mestres.

Per aprofitar millor el viatge, també s'havien reunit amb algunes coordinadores dels cursos clandestins d'alfabetització.

Les notícies que els van transmetre totes elles eren bones. No s'havia produït cap escorcoll en cap de les cases escola i cada dia eren més les dones que decidien aprendre de llegir i d'escriure, malgrat les prohibicions dels talibans, que negaven l'accés a l'ensenyament a tota la població femenina. La Selma i la Nahid també van donar un paquet minso de medicaments a una de les metgesses que, de la mateixa manera clandestina, visitava les dones malaltes a domicili.

Totes les dones van acollir la Nahid amb simpatia, amb la proverbial hospitalitat afganesa, carregada d'afecte, i amb la naturalitat amb què es rep una companya de lluita.

El que la Nahid recordava amb tant horror havia passat el segon dia de la seva estada a Kabul.

—Ens vam trobar els carrers tallats. Les patrulles de talibans obligaven tothom qui era pel carrer a anar cap a l'estadi.

—Tothom? —pregunta la Basira amb els ulls esverats.

—Sí —respon la Nahid sense molestar-se per l'interrupció—. Els talibans van, tal com ens explicava en Sharif, amb uns Toyotes tot terreny que deuen costar una fortuna. Van armats, amb la ratlla negra pintada a sota els ulls, com els paixtus, i n'hi ha amb les barbes i els cabells vermellosos, tenyits de henna.

—Fan por? —pregunta amb una ingenuïtat infantil la Basira, que escolta la seva amiga fascinada i plena d'admiració.

—I tant que en fan! Perquè, a més del fusell carregat a l'espatlla, porten aquelles porres especials que ens va descriure en Sharif i no estan per orgues.

I la Nahid explica a la Basira com es van veure atrapats en aquell mar humà de vianants que els talibans havien sorprès al carrer i conduïen, com si fos un ramat, cap a l'entrada de l'estadi de Kabul. Homes, dones i criatures havien anat entrant per la portalada coberta del camp d'esports, una mica més ampla que un cotxe, i que donava directament al terreny de joc, on els diumenges es continuava jugant a futbol.

Un cop dins, van anar pujant i omplint graderies.

—L'estadi es va omplir de gom a gom en un tres i no res. Al mig del camp hi havia uns micròfons. Els talibans es passejaven per l'herba. Els Toyotes en què havien arribat estaven aturats en un extrem, prop d'una de les porteries. Poc després es van acostar als micròfons alguns dels seus dirigents. Es distingeixen de la tropa pels turbants que porten, més bonics i espectaculars. Llavors van portar els condemnats dalt d'un parell de furgonetes descobertes. Escortats. Resignats. Com ovelles cap a l'escorxador.

—Quin espant! —exclama la Basira.

—Pels altaveus connectats als micròfons anunciaven les penes que aplicarien a cada un. Quaranta fuetades. L'amputació d'una mà... També van degollar un home, amb un ganivet petit. L'aguantaven entre quatre, ajagut de costat damunt l'herba per tal que les sacsejades que feia el seu cos no destorbessin la tasca del que feia anar el ganivet. La sang sortia a borbolls, amb cada batec del cor. Els sons que emetia aquella gargamella mentre era seccionada arribaven a les nostres orelles enmig del silenci sepulcral que guardàvem els milers de testimonis forçats d'aquell espant. Tothom ofegava el plor. Tots els condemnats eren homes. Perquè era divendres. El nostre dia sant musulmà. A les dones els apliquen els càstigs en dimarts, perquè no les consideren dignes de ser castigades en el dia sant. Quan es va acabar aquell espectacle de barbàrie, ens van deixar marxar.

—Com vas ser capaç de mirar? —crida la Basira, en una primera reacció—. Per què no vas tancar els ulls sota el burca? Ningú no se n'hauria adonat. Per què no et vas girar d'esquena? Per què vas mirar, Nahid? No ho puc entendre. —La Basira plora, tremola de por, dominada pel pànic—. Tindràs malsons! Fins i tot jo que no he vist res del que m'expliques tindré malsons terribles!

—Vaig voler mirar, Basira —respon la Nahid molt serena.

—Però, per què? —crida la Basira. No sap què l'esgarrifa més. Si els crims que la Nahid descriu o el fet que la seva amiga hi hagi assistit sense apartar-ne els ulls.

—Que no ho entens, Basira? Vaig voler mirar perquè ara sóc un testimoni. Perquè el dia que tot això s'acabi i es restableixi un govern decent a l'Afganistan, s'haurà de jutjar els culpables, els assassins de la nostra gent, amb les lleis a la mà. Vaig voler mirar per poder-ho explicar, per poder-ho denunciar. I perquè no vull estalviar-me cap patiment de la nostra gent, no vull mirar cap a una altra banda només perquè jo puc viure una mica millor que molts d'ells.

—Ets boja, Nahid! T'has ben trastocat! —la Basira sanglota i es recargola les mans.

—No sóc boja, Basira. —La Nahid no perd la calma davant l'esclat de ràbia i desesperació que altera la seva amiga. Ni tan sols alça la veu—. No sóc boja —repeteix—. Tinc el cap més clar que mai i estic més tranquil·la que mai, perquè ara sé què he de fer, què puc fer.

La Basira para en sec de plorar i mira la Nahid als ulls, amb més por encara.

—Què faràs, Nahid? M'espantes. Què és el que penses fer?

La seva amiga li somriu amb expressió dolça.

—Treballar, Basira. Treballar nit i dia si cal.

—Treballar? Amb quin objectiu? Per què? Com? —crida l'amiga desesperada.

—Treballar pel futur, per la pau. Per l'Afganistan.

Estimada Ariadna:

A vegades penso que l'Afganistan, si sobreviu, serà un país de dones, que el dia que les dones afganeses puguin sortir de la tristesa mortal que les ha convertides en ombres, en cadàvers ambulants, no hi haurà qui les aturi. I crearan un món nou. Malgrat la repressió, malgrat els mul·làs, malgrat els fonamentalistes, malgrat els talibans.

La nostra història, antiga i recent, és plena de dones fortes. Dones reals que ja formen part de la llegenda. Dones com la Malalai, la noia camperola que va morir per defensar la llibertat de l'Afganistan davant les tropes britàniques. Dones com la Mina Keshwal Kamal, que va ser assassinada pels integristes que ara formen l'Aliança del Nord el febrer de 1987, perquè defensava la democràcia i els drets de les dones afganeses. Dones com aquelles que, pels carrers de Kabul, s'enfrontaven als talibans amb l'Alcorà a la mà i els desafiaven públicament a demostrar que l'horror que els volien imposar estava justificat, si més no, per algun principi religiós.

Entre les refugiades hi ha dones desesperades, embogides, malaltes d'horror per tot el que han patit, però també hi ha moltes dones coratjoses a les quals el patiment no ha aconseguit robar l'esperança i lluiten com lleones pel futur, sobreposant-se al desig de deixar-se morir.

Lluiten per la llibertat. Però cal que et digui que això no vol dir que vulguem ser dones occidentals. Volem continuar sent dones afganeses, amb les nostres festes, les nostres tradicions, el respecte dels nostres marits i els nostres fills, les nostres relacions familiars, els nostres costums mil·lenaris, la nostra manera de fer, de dir, de comportar-nos i de vestir. Som dones orientals i ens agrada ser-ho, n'estem orgulloses. Reclamem el dret a ser lliures al nostre estil, el dret a instruir-nos, a treballar per la nostra societat, a tenir veu en els concilis, a guanyar-nos la vida, a ser respectades com a persones.

Crec que tant vosaltres, en els vostres països, com nosaltres, en el nostre, volem el mateix i sabem que tenim els nostres drets.

Estimada Ariadna, em sento una dona nova: bé, potser el que passa és que m'estic fent gran. Coneixes aquesta sensació? És agradable, oi? Et faig una gran abraçada de tot cor, aquest cor meu ple d'amor per l'Afganistan, on també cabeu tota la gent que estimo.

L'àvia Nadima estreny la Nahid contra el seu pit. La lluna nova enfosqueix la nit.

Aquesta vegada la por per la seva mare o per alguna de les dones del grup no ha despertat la Nahid. Com ja va predir la Basira, són els horrors de què va ser testimoni a Kabul els que la sacsegen enmig de la nit. Es desperta amarada de suor, malgrat el ventilador del sostre, amb el cor bategant-li a la gola.

—Àvia...

—Tot anirà bé, menuda, tot anirà bé —la bressola l'àvia Nadima, xiuxiuejant-li a cau d'orella. I per distreure la Nahid, escorcolla entre els seus records, per explicar a la noia coses agradables del passat.

—Que preciosa em va semblar Kabul quan la veig veure per primera vegada! —sospira la vella mirant de donar un to alegre a les seves paraules.

—Ja t'havies casat amb l'avi Mahroof? —pregunta la Nahid, delerosa també de pensar en altres coses i oblidar durant una estona la realitat tan dura que els escanya les vides.

—Sí. Ens vam casar en el poble on vam néixer i ens vam fer grans.

—I ell t'agradava? —pregunta mig de broma.

—Quines coses preguntes, menuda! —la renya l'àvia Nadima, però riu—. No em desagradava, si és això el que vols saber. Havíem jugat plegats de petits i ens coneixíem bé. El poble era petit, els nostres pares eren cosins i ens havíem vist sovint en les reunions familiars, per tant, quan les dones de la meva família, com és tradicional, el van triar com a possible marit per a mi, em va semblar bé.

—I a mi també em triareu un marit, àvia? —vol saber la noia, amb un punt de temor.

—Els temps han canviat, menuda. Fixa't en els teus pares. Ells es van conèixer a la universitat; ningú no va emparaular el seu matrimoni.

—Per què vau marxar del poble, àvia? —la Nahid s'ho sap de memòria, però li agrada escoltar aquestes històries de la vida quotidiana una vegada i una altra. Històries petites, anècdotes dels temps en què la màxima preocupació era una insignificança comparada amb l'horror que els toca viure ara.

—El teu avi no volia continuar sent un pastor de cabres tota la vida. Tenia iniciativa... El teu avi Mahroof sempre ha estat un home inquiet i decidit. A Kabul va trobar feina en una fàbrica de camions. Mentre va durar la pau i la fàbrica va funcionar, va ser feliç. Li agradava la seva feina i hi tenia molta traça. Va començar com a obrer, sense cap tipus de qualificació, i va arribar a ser encarregat d'una brigada —afegeix l'àvia Nadima, tota cofoia.

—Àvia —pregunta la Nahid després d'un silenci breu, és bonica la pau?

La vella sospira i abraça fort la noia.

—La pau és la cosa més bella d'aquest món, menuda. Reso cada dia perquè tu la puguis arribar a conèixer. Tu i tots els qui heu nascut en temps de guerra. Quan hi ha pau, tot és possible. La vida pot ser difícil a vegades, et pots trobar amb dificultats, disgustos i penes, però no hi ha res pitjor que la guerra. Només porta mort i destrucció.

—Creus que algun dia hi haurà pau a l'Afganistan? —pregunta la noia amb un fil de veu.

—Sí, Nahid, estic segura que algun dia podràs tornar a Kabul, a un Afganistan on regnarà la pau. Aquest dia, brigades d'homes lliures trauran dels carrers i els camps de conreu tota aquesta ferralla bèl·lica i retiraran la runa de totes les poblacions per reconstruir el país. I tu podràs anar amb els teus fills al zoo i portar-los a passar el dia vora el riu. El cel de l'Afganistan s'omplirà amb milers d'estels de colors i per les seves muntanyes tornaran a ressonar les rialles i les cançons dels homes i les dones afganesos.

Encara és negra nit quan la Nahid i en Sharif s'aco miaden de la família. Han de sortir ben d'hora per arribar a Kabul abans no es faci fosc. La Nahid es cobreix amb un burca. En Sharif encara porta la negra i espessa barba que li dóna l'aparença d'un home de més edat. Amb el mocador gran, propi del vestit tradicional dels homes afganesos, que es fa servir tant com a mocador de fer farcells com per a altres moltes funcions, s'havia fet un turbant.

Dies enrere la família i els amics havien estat parlant i discutint fins a altes hores de la nit.

—No podem ajornar durant més temps l'entrega del material —deien les dones del grup.

Les mestres de la xarxa clandestina de cases escola a l'interior de l'Afganistan necessitaven més llibres. La demanda de cursos d'alfabetització per part de les dones és cada vegada més gran i el grup de dones havia aconseguit un grapat de rupies per comprar el material que els feia tanta falta. Eren donatius dels contactes que mantenien amb la resta del món per mitjà d'Internet i dels *e-mails*.

—Ara ja em trobo més bé —havia insistit la Selma.

—Que t'has begut l'enteniment? —la va renyar la mare de la Nahid—. Ara ets la meva pacient. No hi aniràs pas. Ha quedat clar?

Aquell malestar que havia debilitat tant la Selma setmanes enrere va resultar un embaràs que no anava gaire bé. La mare de la Nahid havia examinat la Selma i li havia prohibit fer cap esforç físic.

—T'asseguro que perdràs el nen si tornes a recórrer aquella carretera plena de sotracs i forats. Vas estar de sort l'última vegada, Selma. Si hagués sabut que estaves embarassada, tampoc no t'hi hauria deixat anar llavors. Si hi tornes, tindràs un avortament i ningú no t'atendrà a l'Afganistan. O t'he de recordar que allà cap dona no pot anar al metge o presentar-se en un hospital. Et moriries, Selma.

—Però tu tampoc no pots anar-hi! Has d'atendre els malalts! —va replicar la dona amb vivesa.

Durant aquells dies estava arribant de l'Afganistan una nova allau de refugiats. Era hivern a Peshawar. Els nouvinguts es morien de fam i de fred durant la nit. Sobretot aquells que estaven més dèbils. Sobre- tot els nens petits. La gent no tenia on arrecerar-se. Dormien i morien al ras, sota les estrelles, entre els braços de les seves mares o de les seves germanes grans. La mare de la Nahid anava cada dia al camp obert i desert on s'amuntegaven en condicions miserables. Atenia com podia els malalts. I cada dia arribaven més i més refugiats. No, ella tampoc no podia dedicar tres dies del seu temps a portar un grapat de llibres i material escolar a l'Afganistan.

—Ens falten mans. No tenim prou gent —es va exclamar amb neguit la Selma.

—Hi aniré jo —havia dit la Nahid en un moment donat.

Llavors s'havia fet el silenci.

—Nahid... —la Selma havia estat la primera de parlar. Sabia que la mare de la noia no diria res, que la seva amiga es debatria entre la necessitat urgent d'enviar algú a Kabul i la llibertat de decisió que volia respectar en la seva filla adolescent. Sabia que la mare de la noia no manifestaria el seu parer, atrapada entre la por pel risc que podia córrer la seva filla i el valor de sacrificar el que calgués en les seves vides. Sabia que la seva amiga no intervindria: que ho havia de fer ella, perquè, a banda de tot, la Nahid era tan jove! Però la noia no la va deixar continuar.

—Vull anar-hi. Ja sóc prou gran. Treballo amb vosaltres. Sóc una més del grup encara que només m'ocupi del correu electrònic, de donar un cop de mà a l'escola o d'ajudar la meva mare amb les fitxes dels malalts.

Els seus pares s'havien mirat.

—Jo l'acompanyaré —havia intervingut llavors en Sharif—. Els donarem el material i ja està. No cal que patiu. Em faré passar pel seu germà.

Ningú no deia res.

—Deixeu fer a la noia el que hagi de fer! —va sorprendre a tots l'àvia Nadima—. La Nahid ja té edat per decidir, coneix el risc, sap quins són els seus deures i acaba d'oferir-se sense que ningú li ho hagi demanat. És una dona afganesa. No podeu privar-la de treballar per la llibertat de l'Afganistan. Hauríeu d'estar orgullosos d'ella en lloc de fer aquestes cares de preocupació.

La mare de la Nahid va abraçar la seva filla:

—Nahid, la meva nena estimada... —li va xiuxiuejar a cau d'orella.

—La teva nena s'ha fet gran, mare —va somriure la noia.

—Maleïda guerra que obliga els nens a fer-se grans tan de pressa! —es va lamentar l'avi Mahroof—. La noia hauria d'estar estudiant, divertir-se amb les amigues i preparar el seu casori amb algun noi ben plantat!

—Avi! —va exclamar la Nahid tota enrojolada mentre llançava una llambregada ràpida a en Sharif, que va fer veure que no se n'adonava.

En arribar a Kabul, la Nahid i en Sharif havien d'agafar un autobús. La casa escola on els esperava una de les coordinadores dels cursos d'alfabetització era en un altre barri de la ciutat.

La Nahid duia els llibres amagats sota el burca, aquella presó de tela que en aquells moments era el seu millor aliat, perquè li permetia amagar el paquet comprometedor.

Mentre es dirigien a peu cap a la parada, en Sharif caminava al seu costat i li parlava baixet, per tal que la noia s'orientés pel so de la seva veu. Perquè prou li costava, a la Nahid, veure el terra a través de la reixeta que tenia davant dels ulls i mirar de no ensopegar per haver de girar el cap cap a un costat a cada moment a fi de comprovar que no s'havia allunyat, sense adonar-se'n, del seu acompanyant. De sobte, les frases banals sobre el temps, els preus de la fruita al mercat i la devaluació de l'afgani, la moneda del país, que en Sharif anava enllaçant, es van convertir en enceses paraules d'amor, i la Nahid va reconèixer, tota enriolada, els versos dels grans poetes perses de l'època de més gran esplendor cultural de l'Afganistan que el seu cosí li estava recitant.

Però la gent amb qui s'encreuaven se'ls mirava amb estranyesa i, al cap d'una estona, en Sharif va optar per caminar davant d'ella: així la Nahid podia avançar amb més facilitat. Només li calia no perdre de vista l'esquena del noi.

Per pujar a l'autobús es van haver de separar. Els talibans havien dut fins a l'extrem la norma segons la qual els homes i les dones no podien estar en contacte i la prohibició de relacionar-se, i fins i tot havien dividit l'interior dels transports públics en dues zones diferenciades, separades per una cortina: la petita plataforma del darrere estava reservada a les dones; els seients de la resta del vehicle, als homes.

En Sharif es va quedar dret, agafat a la barra, prop de la plataforma de les dones. No volia perdre de vista la Nahid. Però entre totes les dones que s'estrenyien allà darrere, totes cobertes per burques, gairebé totes del mateix color, aviat no va saber distingir-la de les altres.

La frenada el va agafar desprevingut. El garbuix de dones, al fons de l'autobús, també va trontollar i es va sacsejar sencer.

El Toyota d'una patrulla de talibans s'havia encreuat davant l'autobús per obligar-lo a parar en sec.

Quatre talibans armats van colpejar amb la culata dels seus fusells els vidres de la porta fins que el conductor, espantat, els va obrir. Van pujar a l'autobús. El talibà que seia al volant del Toyota i el que ocupava el seient del seu costat s'havien quedat dins del cotxe, sense ni tan sols apagar el motor. Feien broma. Es ficaven brins de tabac verd a la boca i de tant en tant escopien per les finestretes.

Els talibans van escorcollar tothom. Els farcells que els homes duien carregats a l'espatlla o que havien deixat a terra, entre els seus peus. Les bosses de les dones.

En Sharif suava d'angoixa.

I llavors els talibans van trobar els llibres que la Nahid duia amagats. La van fer baixar de l'autobús a fuetades. En Sharif se'ls va tirar al damunt.

—Deixeu-la! Deixeu-la anar!

Els talibans es van posar a riure.

El que seia dins el Toyota, al costat del conductor, va sortir a l'acte del cotxe amb la porra a la mà, disposat a repartir llenya. Els vianants es van apartar amb horror. Els talibans, a cops, van fer pujar la Nahid a la plataforma descoberta de la furgoneta.

—No! No! —cridava en Sharif recargolant-se desesperat i repartint puntades de peu a banda i banda.

Dos talibans el tenien agafat pels braços. Un tercer li va obrir el cap amb un cop de porra.

—Deixeu-lo anar! Si us plau, deixeu-lo anar! —va xisclar la Nahid amb totes les seves forces des de sota el burca.

En Sharif va caure a terra. Entre tres li van clavar una bona pallissa. Les porres dels talibans, llargues i plenes de monedes, queien damunt del seu cos una vegada i una altra. Els cops eren dolorosos. En Sharif va perdre el coneixement. La darrera cosa que va sentir va ser el soroll de les rodes del Toyota, que van derrapar en arrencar.

I el crit punyent de la Nahid.

—Sharif!

Estimada Ariadna:

Tu no em coneixes, però jo a tu sí, de tant com m'ha parlat de tu la meva amiga Nahid. Sóc la Basira, i ara, mentre ella no hi sigui, bé, fins que ella no torni... La veritat és que no sé com dir-te... Suposo que la Nahid et devia dir que se n'anava a l'Afganistan, ara farà cinc setmanes. La hi va acompanyar el seu cosí, en Sharif. No sé si te'n va parlar alguna vegada. Estava previst que fossin fora tres dies. Bé, com ja t'he dit, d'això ja fa cinc setmanes i... nosaltres aquí... la veritat és que estàvem amoïnats, perquè no tornaven i... de fet, no n'hem sabut res fins abans-d'ahir, que va arribar en Sharif.

Tot aquest temps s'ha hagut d'estar a casa el seu pare, perquè... bé, els talibans li van clavar una bona pallissa i s'havia de refer una mica. No es podia ni moure. I pel que fa a la Nahid...

Ariadna, t'he de donar una mala notícia.

La veritat és que no sé com fer-ho, però suposo que és millor que no hi doni més voltes.

Els talibans van detenir la Nahid a Kabul i no n'hem tornat a saber res més.

Em penso que la seva mare acabarà tornant-se boja. La seva àvia ha envellit de sobte i sembla una iaia de noranta anys. En Sharif ja no fa mai broma i gairebé no parla. I jo... jo... la veritat és que em faig farts de plorar quan estic sola i no em veu ningú. He demanat a les dones del grup que em deixin treballar amb elles mentre la Nahid no torna...

Estic segura que a ella li agradaria. I que quedaria molt parada si sabés que, mentre ella estudiava anglès amb tant desfici, jo m'hi fixava molt i aprofitava per aprendre'n jo també, encara que m'enfadés amb ella i li digués que a mi, tot allò, no m'interessava gens. Ara me'n penedeixo. I quan penso que hauríem pogut estudiar plegades, com m'havia proposat mil vegades, en lloc de discutir, em ve una tristesa molt gran.

Vaig ser molt ruca.

Ni em va passar pel cap que ens quedés tan poc temps... Perquè... has de saber, Ariadna, que a l'Afganistan, quan els talibans s'emporten algú...

La Selma et volia escriure, però he pensat que era millor que t'ho digués jo, perquè totes dues érem amigues de la Nahid...

Si vols, ens podríem escriure... A mi m'agradaria... Em sembla que em consolaria una mica... i que potser... a tu també.

Després d'haver escrit aquest llibre, els esdeveniments s'han precipitat. L'11 de setembre de 2001 els Estats Units pateixen un atemptat terrorista sense precedents. Les sospites recauen sobre el terrorista saudita Ossama bin Laden, hoste dels talibans. El món sencer clama venjança, s'aixeca en peu de guerra i declara la guerra a l'Afganistan. Pocs dies abans, Massud, un dels capitostos de l'Aliança del Nord, havia estat assassinat en un atemptat.

Les potències estrangeres, amb els Estats Units al capdavant, preparen una nova ingerència a l'Afganistan: pretenen eliminar de l'escena els talibans, reinstaurar la monarquia i organitzar un govern titella format pels capitostos fonamentalistes de les faccions que constitueixen l'Aliança del Nord. La població de Kabul i d'altres ciutats de l'Afganistan fuig per por dels bombardejos, però també moguda pel pànic de la possible avançada de les tropes de l'Aliança del Nord i de les seves carnisseries, violacions i saquejos.

El 7 d'octubre, quan a Kabul ja s'ha fet de nit, els Estats Units, amb el suport dels països membres de l'OTAN, inicien un atac aeri a l'Afganistan, amb bombardejos sobre Kabul, Kandahar i Jalalabad. Deu dies després, els bombardejos sobre l'Afganistan se succeeixen nit i dia, mentre es bombardeja els ciutadans del món amb notícies alarmistes per escampar la por i aconseguir crear així una opinió pública favorable a aquesta nova violació dels drets humans i de les lleis internacionals.

Finalment, després d'una intensa campanya bèl·lica, el règim dels talibans s'esfondra i és substituït per un nou govern, presidit per Hamid Karzai.

Anna Tortajada

Anna Tortajada (Sabadell, 1957) comença a escriure contes de molt petita, fent servir llistes de paraules que li confecciona el seu pare.
Des de llavors, ha escrit guions de ràdio, novel·les, obres de teatre i fins i tot alguns poemes. En aquesta mateixa col·lecció ha publicat *Cruïlla de mons*, la seva primera novel·la, i *La banda de la placeta*.
Li agrada la gent, la diversitat de cultures i implicar-se en lluites que contribueixin a millorar una mica el món.
Arran del seu viatge a l'Afganistan dels talibans, va sorgir l'obra *El crit silenciat* (Barcanova, 2001), que ha obtingut un ressò extraordinari entre els lectors.

CARTA A L'AUTORA

Els lectors que desitgin posar-se en contacte amb l'autora per comentar qualsevol aspecte d'aquest llibre, poden fer-ho escrivint a l'adreça següent:

Col·lecció ANTAVIANA JOVE
Editorial Barcanova, SA
Pl. Lesseps, 33, entresòl. 08023 Barcelona
e-mail: barcanova@barcanova.es
www.barcanova.es